나의 비건 분투기

오로지 나 하나를 위해 비건의 삶에 동참해준 남편

옥쥬율훈에게 감사를 전합니다.

싱그러운 당신은 나의 채소요 과일입니다.

나의 비건 분투기

비건이 되고 싶지만 고기 끊기를 망설이는 당신에게

초판 1쇄 인쇄 2022년 06월 10일
초판 1쇄 발행 2022년 06월 15일

지은이 손은경
펴낸이 김헌준
편 집 이숙영 디자인 전영진
펴낸곳 소금나무
주소 서울 양천구 목동로 173 우양빌딩 3층 ㈜시간팩토리
전화 02-720-9696 팩스 070-7756-2000
메일 siganfactory@naver.com
출판등록 제2019-000055호(2019.09.25.)

ISBN 979-11-968141-8-2 03810

소금나무는 ㈜시간팩토리의 출판 브랜드입니다.

비건이 되고 싶지만 고기 끊기를 망설이는 당신에게

나의 비건 분투기

손은경 지음

소금나무

나는 무얼 먹고 살아온 것인가

비건을 주제로 한 선배들 책을 보며, 경이로운 한편 묻고 싶던 건 다름 아닌 견딘 노하우였다. "비건 선배, 솔직히 말해 봐요. 비건 지향하면서 고기 먹고 싶지 않았어요? 정말 참을만했어요? 삼겹살 앞에서도? 맥주에 치킨도? 칭따오엔 양꼬친데?" 후. 그리고 짧은 한숨을 내쉬며 책을 덮어야 했다. 읽은 책 어디에도 고기 먹고 싶었다는 고백은 잘 보이지 않았다. 나의 궁시렁은 여기서 온 것이다.

'고기 끊는 게 어디 쉬운가. 심지어 나같이 불완전한 인간한테.'

그들은 실로 완전무결에 가까운 것처럼 보였다. 비건을 넘어 자연식물식에 성공한 자도 있었고, 비건을 향해 비아냥대는 일부 무례한 자를 위한 답변도 차곡차곡 마련해 둘 만큼 용맹했다. 무결하지 못한 나와의 괴리는 책을 읽을수록 깊어만 갔다. 아무래도 나는 완전하지 못하고, 삼겹살에 소주 끊기는 불가능에 가까운 마법 같았으니까.

내 혀는 삼겹살에 소주, 치킨엔 맥주를 기억한다. 지친 날 개들이 해줬던 위로를 떠올린다. 순간의 쾌락이 나와 동물과 지구를 얼마나 병들게 했는지 후에 알았지만, 1인분에 14,000원짜리 감정은 잊기 힘들다. 맛에 취해 "이모 1인분 더요!"라고 외치던 날도. 지극히 중독되어 있었는지 모른다. 이 또한 후에 알았지만, 냉장고 안이 죄다 동물성 식품이었다니. 영혼의 단짝과도 같이 우리는 고기를 먹고 먹어왔다.

헤어지던 날을 기억한다. 상처 입을 것을 알면서도 헤어짐이 무서워 이별할 수 없던 날을. 끊어내는 것의 저림을. 영영 볼 수 없을 거 같아 미뤄두던 이별이 결국 나를 다치게 했음을 잊을 수 없다. 뒤늦게 떠오른 마음의 말이라면 '진작 헤어졌어야 했는데….' 유예한 이별은 후회로 남는다.

이번엔 끊어내야겠다 싶었다. 우연을 가장해 진실과 조우한 날. 더는 동물성 식품을 먹을 수 없어졌다. 건강에 나빴고, 동물이 불쌍했고, 지구환경에 해였다. 것도 모르고 동물성 식품만 잔뜩 먹어 온 나는 우리에게 민폐였다. 먹지 않아보기로 했다. 그래서 나 같은 사람을 부르는 게 무엇인고, 하니 비건이라 했다.

이따금 무드를 자아내는 단어를 만난다. 비건 또한. '비건' 두 음절엔 비장함이 있다. 어쩐지 경외로워 나 같은 아무나가 시도하기엔 높다란 장벽으로 여겨지는 그런 것. 어감 때문인지 한 번 가담하면 빠져나올 수 없을 것 같은 부담도 작용한다. 생각건대 나와, 동물과 지구를 생각하는 일이 가볍지만은 않아 그런 것이겠지.

다시 한번 내가 할 수 있을까, 싶었다. 선배는 완벽했다. 그리고 나는 어설펐다. 때문에 어쭙잖은 후배인 나로 인해 경건한 비건 세계에 누라도 되는 건 아닐까, 싶어 겁도 났다. 그러나 알수록 먹을 수 없어지는 까닭에 용기 내보기로 한 것이다. 어쩌면 이게 전부다.

비건이 되어야겠다고 다짐했지만 고기 끊는 두려움이 내게도 있었다. 특히나 완전하지 못한 내가 해낼 수 있을까, 하는 자의심도 있었다. 그 두려움이 나를 머뭇거리게 했다는 것을 안다. 허나 이번엔 끊어내기로 했다. 어쨌거나 무결하지 못한 내가. 완전하지 못하여 불완전한 내가, 비건이기로 한다. 다행히 비건의 전제가 완전무결은 아니었다.

이 책은 그런 나와 같은 이를 위해 쓴 책이다.
저 밑, 깊이 숨겨진 진실을 보게 된 덕에 더는 먹을 수 없어졌지만 고기 끊는 두려움 탓에 시도를 주저하는 나와 같을 당신을 위해. 소올-직히 말해 고기 안 먹고 사는 게 쉬운 일은 아닐 테니. 삶의 파동을 바꿀 만큼 어려운 일일 테니.

따라서 시도만으로 대견스레 여겨져야 할 우리이니.

목차

4장 : 동요
못 참겠어!

5장 : 극복
비건 사수를 위한 발악

6장 : 보상
비건의 기쁨

1장: 충격

육식이 나쁘다는 걸,
사람은 더 나빴다는 걸

1장: 충격

나쁜 사람

운동을 시작하고부터 몸에 관심은 많았다(전작 《헬스장 사람들》에 잘 나와 있다는 짧은 홍보를). 운동만 하고 나면 꼭 그렇게 되었다. 아끼지 않던 몸을 아끼게 되고, 한 번 더 보게 되고, 양질의 음식을 먹었다. 뺀 게 아까워서라도 주입은 잘 해줘야겠다고 생각하곤 했다. 죽어라 뛰었는데 끽해야 g 단위로 소규모 지방과 노폐물이 빠지는 걸 알면 맥이 풀렸으니까. 세 끼 중 한 끼는 닭 가슴살 샐러드를 먹었다. 한 끼는 대충 먹었고, 나머지 한 끼는 고기를 먹었다. 먹을 수 있는 고기는 고기라서 다 먹었다. 치킨, 삼겹살, 소고기, 양꼬치. 160cm도 안 되는(가녀리지 않지만) 작은 몸으로 많이도 먹었고, 먹으면서는 보신이라 여겼다.

'운동 열심히 했으니까 많이 먹어 둬야 해.'

그러다 나의 식생활에 권태로움이 찾아왔다. 식단에 변화를 주고 싶었다. 때마침 유기농만 사 먹는다는 그의 이야기가 구미에 당기던 참이었다. 왜인지는 모른다. 운동을 더 열심히 하게 되어 몸에 더 많은 관심이 생긴 건 아니었는데 그랬다. 클린에 꽂혀 있던 때라 그런지도 모른다. 책 읽는 인류가 된 후 스스로 정화된 느낌을 받았는데 그래서였나. 여전히 미지수지만 그리하여 비슷한 시기 꽂힌 책이 있었으니, 바로 《어느 채식의사의 고백》이었다. 추천받아 읽게 되었다. 지금에 와 생각해 보면 그저 운명이었거니, 한다. 단 몇 줄짜리 책 리뷰만 보고도 당장 읽어야겠다는 마음의 재촉이 운명이지 뭐야. 그렇게 바로 주문하기를 클릭해 버렸다. 우리 만남은 그렇게 시작되었다.

만 하루 지나지 않아 배송이 왔고, 만 이틀 지나지 않아 그 책을 다 읽었다. 책이 도착한 다음 날은 고생계우유(고기, 생선, 계란, 우유, 유제품을 내 마음대로 줄여 부르는 그것)를 끊어 볼 용기가 솟았다. 나의 시발이었다.

용기를 돋운 건 존 맥두걸 박사였다. 적어도 내가 본 박사는 정의로웠다. 그의 말 몇 가지가 그를 정의롭게 했다. 의사로서 돈 되는 환자를 양산하는 대신 근본적 치료(음식)로 환자 수 자체를 줄이려 했다는 것. 약식동원이라고 했다. 의사와 의사가 처방한 약이 증상 완화만 도울 수 있다면, 음식은 질병 자체가 없도록 돕는다는 걸 박사는 믿었다(몸소 체험한 사람이라 그런 것일 테다). 의학계, 농축산업계의 모진 핍박도 이겨낸 모양이었다. 핍박의 근원이라면 환자에게 시술이나 약물을 권하거나 각종 영양소를 이유로 동물성 식품 소비를 채근하긴커녕 금할 것을 장려하기 때문이다. 그들의 주머니를 빵빵하게 하는 일과는 정반대의 행보라서다. 보통 쉽지 않은 일일 텐데, 소명인 양 동물성 식품의 해를 알리는 그였다. 리스펙트는 이럴 때 쓰는 말 아닌가.

반면 책 후반으로 갈수록 부정한 자도 알게 되었다. 인간의 약한 면을 악용해 장사하려는 자를 싫어한다. 그 잘난 공부 하며, 미약한 수험생 불안을 이용해 강의에 강의를 늘리던 학원도 별로였고, 준비되지 않은 노후로 편치 않은 우리 엄마 마음을 이용해 보험 장사하려는 일부 보험설계사들은 더 별로였으며 내 병약함을 이용해 실은 먹지 않아도 될 약까지 판 의사들은 참 구렸다. 고약한 인간에 속한다고 생각했다. 불안하고, 돈은 없고, 아프기까지 한 우리를 상대로 장사하려는 것은 꼭 기만으로 느껴졌다. 그리고 분노하던 그때가 떠올랐다.

존 맥두걸 박사 책에는 내 세상에 없던 이야기가 쓰여 있었다. 산타클로스는 아빠였다는 것처럼 서스펜스적 반전급이었다. 우선 내가 알던 우유는 없는 거였다. 우유엔 칼슘만큼 많은 인이 있다고 했다. 때문에 흡수한 칼슘이 인으로 인해 빠져나가게 된다고 그랬다. 칼슘 섭취를 위해 마시나 결국엔 인 성분 때문에 칼슘의 배출을 장려하는 꼴이라는 게 우유의 현실이었던가. 아무도 알려주지 않은 사실이었고, 실은 숨겨진 진실이었겠다. 그렇다. 우유를 마신다는 것은 단순히 인간이 어린 송아지가 먹어야 할 어미젖을 뺏어 먹는 것에 불과했다. 단백질 보충이라는 이유로 고기를 먹어서도 안 되었다. 넘치는 단백질로 채 처리하지 못한 잉여 단백질이 있는 줄 미처 몰랐다. 그게 병을 유발했다는 것도 말이다. 순간 그동안 철석같이 믿고 있던 광고, 그러니까 부족한 단백질은 육류 섭취로 해결해야 한다던 슬로건이 머리를 스쳤다. 생선은 왜 먹고 살았나 한스러울 정도였다. 그냥 헤엄치도록 놔둘걸. 33년간 굳게 지켜 온 믿음이 실은 잘못된 거였다. 그런 사실은 너무나 많았다.

오랜 시간 알지 못했다. 엄마는 키 작은 나를 보고 어려서 우유 덜 먹어서 그런 거라고만 했다. 칼슘이 부족해서 그런 거라며, 나랑 고만고만하게 작은 엄마가 말해줬다(유전임을 믿고 싶지 않았을까). 고기 먹어야 힘이 나는 거라 했다. 무엇이 풍부하고 많아 꼭 먹어야 한다며 없는 형편에도 고기를 사 먹였다. 누구 의사가 수험생한테 좋다고 했다고 하여 생선도 찾아 먹였다. 그럼 나는 야무지게 먹었다. 많이 먹으면 공부 잘하게 되는 줄 알았다.

엄마의 말은 퍽 맞았다. 트럭에 실린 우유 광고만 보아도 알 수 있었고, 텔레비전에 나온 의사 선생님도 이야기해줬다. 칼슘이 어쩌고, 철분, 필수아미노산이 어쩌고저쩌고. 그래서 우유를 먹고 고기를 먹고 생선을 먹어야 하고 어쩌고저쩌고. 그들에게 필요한 말이었겠지만, 사실 우리에게 필요한 말(그러나 몸에 나쁘다는)은 쏙 빠져 있었다. 하여 나는 엄마를 의심해 본 일이 없었다. 하물며 광고까지 의심해 본 일 없었으니, 나도 참 나지. 야무지다고, 버릴 건 똥밖에 없는 딸이라며 엄마의 자랑이 되었던 나 역시 분별없이 상업자본주의에 노출된 소비자에 불과했다니. 분별하는 능력을 가르치지 않았던 학교가, 또 어쩌면 알려 하지 않았던 나의 실수가 합쳐진 일이라 생각돼 유쾌하지 않았다.

받은 더 큰 충격은 이를 알면서도 모른 척하거나 우리가 알 수 없도록 많은 것을 덮어 온 사람이 있었다는 것이었다. 몰라서 드러내지 못하는 것과 알면서도 숨기는 것은 다른 일이니까. 화가 나려고도 했다.

나쁜 사람이 있다. 내게는 나쁜 사람이 있다. 진실을 알게 되어 나쁘게 된 사람이 있다. 작은 이해를 해보려 했다. 왜 그랬을까. 그래야 했을까. 만약 돈 때문에 그런 거라면 좀 슬퍼졌다. 밥은 돈이 먹여 주니까, 내 자유는 돈이 보장해 줄 테니까 돈은 중요한데. 꼭 돈 때문에 엄마와 내게 모르는 척해야 했다면, 그래서 우리가 아파야 했던 날이 있었다면. 매우 속상해졌다.

나쁜 고기

받은 충격으로 나는 비슷한 유의 책을 구매하기에 이르렀다. 콜린 캠벨과 토마스 캠벨이 지은《무엇을 먹을 것인가》가 그 뒤를 이었고, 존 로빈스의《존 로빈스의 음식혁명》이 그다음이었다. 차례로 적지 않은 책을 읽었다. 강하라·심채윤 부부의《요리를 멈추다》, 콜드웰 에셀스틴의《지방이 범인》, 다이아몬드 하비의 《다이어트 불변의 법칙》, 김한민의 《아무튼, 비건》, 제레미 리프킨의 《육식의 종말》, 이도경의 《채식의 즐거움》, 이의철 전문의의 《조금씩 천천히 자연식물식》, 캐서린 맥과이어의 《채식 클럽 회원증》까지. 구매는 단순했다. 좀 알아야겠기에서였다. 읽어가는 권수가 늘수록 우리가 먹는 고기는 진짜 나빴다.

나름대로 내린 결론으로 세 가지 이유에서 나쁘다는 걸 알았다. 하나는 우리 몸이 고기 자체를 받아들이기 힘들다는 구조적 문제였다. 두 번째는 대량 사육이라는, 존 로빈스의 표현에 따라 '아우슈비츠 수용소' 같은 사육 환경의 문제였고, 세 번째는 동물성 식품 자체에 포함된 독(단백질, 지방, 콜레스테롤) 때문이었다.

하비 다이아몬드의 책 《다이어트 불변의 법칙》에 보면 이런 내용이 나온다.

"내가 하고 싶은 질문은 이것이다. 인류는 원래 고기를 먹도록 만들어졌는가? 너무도 많은 양심적인 증거들이 '아니오'라고 말한다. 영양학적, 생리학적, 혹은 심리학적으로 검토해 보아도 정당성이 없다고 말한다.

(중략)

이제 육식의 생리학적인 측면을 살펴보자. 육식동물의 이는 길고 날카로우며 끝이 뾰족하다. 모든 육식동물의 이가 다 그렇다. 인간은 음식물을 부수고 으깨는 데 필요한 어금니가 있다. 육식동물의 턱은 위아래로만 움직이는데 찢고 물어뜯기 위한 것이다. 인간의 턱은 위아래로만이 아니라 옆으로도 움직이는데 그것은 으깨기 위한 것이다.

육식동물의 위장은 단순히 둥근 주머니 형태로 되어있으며 초식동물보다 10배나 많은 염산을 분비한다. 육식동물의 위액은 거의 독이라고 생각해도 무방하다. 인간의 위장은 타원형이며 구조적으로 더 복잡하고 십이지장과 뒤얽혀있다.

(중략)

육식동물의 간은 초식동물의 간보다 12~15배나 많은 요산을 제거할 수 있다. 인간의 간은 소량의 요산만을 겨우 제거할 뿐이다. 요산은 극히 위험한 독소로 우리 몸을 크게 훼손하는 물질이다. 모든 고기는 많은 양의 요산을 우리 몸의 내부에 뿜어낸다. 육식동물과 달리 우리 인간은 요산을 분해할 요산 분해효소가 없다.

(중략)

인간의 손은 육식동물의 발톱처럼 죽은 동물의 사체에서 내장을 뜯어내도록 만들어진 것이 아니라 나무에서 과일을 따기에 알맞도록 완벽하게 만들어져있다. 인간은 해부학적으로 고기를 먹기 위해 찢고 뜯는 기능이 하나도 없다."

하비 다이아몬드, 《다이어트 불변의 법칙》, 강신원·김민숙 역, 사이몬북스, 2021. 09. 15(개정판)

그러니까 결론은 우리는 육식 섭취에 적합하지 않은 생리학적 구조로 되어있다는 것이다. 그의 이야기가 신선했다. 우리 몸 구조 자체가 육식에 부적합했다니 말이다.

생각해 보면 정말 그랬다. '탄수화물은 적게 단백질은 많이'라고, 운동하던 나 또한 철석같이 믿고 있던 식단 구성이 있었다. 한 유명 연예인이 이 식단을 유지한다고 해서 널리 퍼지게 된 똥(같은 통)념 아닐까 한다. 오류가 있었을 텐데. 연예인 x는 그래봐야 고기 두어 점 집어 먹고 말았을 텐데. 하여튼 지방은 걷

히고 근육은 쌓인다니 따라 했던 것 같다. 덕분에 고깃집 가는 것에 죄책감은 없을 수 있었다. 고기는 많이 먹고 밥은 생략하면 되었다. 지금에서야 고기 대부분은 지방이라는 걸 알지만, 누가 또 이런 똥(같은 통)념을 퍼뜨리고 다닌 건지 고기는(꼭 전부인 양) 단백질이라고 했던 기억이 난다. 단백질은 먹어도 살 안 찌는 것, 몸에 근육을 만드는 것이라 했던 것도 모두. 식사 약속으로 보통 고기를 먹자 한 것도 그런 정보에서 비롯된 거였다.

그날도 야무지게 2인분의 고기를 먹었다. 고기 잘 먹는 나에게 자부심을 느끼기도 했는데, 고기가 몸에 좋다고 하여 그랬던 거 같다. 밤이면 뒤척여야 했다. 고기 먹은 밤은 단 한 번도 속 편하게 잤던 기억이 없다. 먹고 4시간이 흘렀음에도 부대꼈고, 더부룩한 속에 가끔 소화제도 먹어야 했다. 불편한 속은 다음 날 아침까지도 이어질 때가 많았다. 그런 날이면 아침을 건너뛰어야만 했다. 더디게만 느껴지는 소화력이었다.

인간으로 태어난 나의 몸이 일차적 원인이었다면, 이차적 원인은 동물 대량생산 체제에 있었다. 아우슈비츠 수용소에 사는 수용자가 그랬던 것처럼 여기 동물들도 건강할 리 없다. 문득 동물 중에 빅터 프랭클 같은 생각을 하는 아이가 있는 것 아닌지, 소름 돋았다. 상업을 위해 태어난 동물에게 두 뼘 내어줄 공간은 없다. 좁은 공간에 가능한 한 밀접해 살아야 하는 게 그들 운명이었다. 얼마나 비좁은지 책에 잘 나와 있었지만 기억나지 않는다. 살 부딪히며 살겠구나, 딱 그 그림 하나 남아있다. 동물을 가두는 우리는 묘사만으로도 아주 더러워 절로 찌푸려졌던 것 같다. 궁금해서 찾아보니 3층으로 겹겹이 쌓인 돼지우리 맨 위층에 사는 돼지가 똥을 싸면 그것이 후두두 1층까지 떨어진다는 현장감이 쓰여 있다. 우웩. 괜히 찾아봤다. 그렇게 지저분한 곳에 다닥다닥 붙어사는 돼지들이 청결할 리 만무하다. 더러움을 씻겨주거나 쾌적한 곳에 지내게 할 리는 더욱. 오직 팔리기 위해 키워지고 있는 것이니 말이다. 가능한 한 많이, 최선을 다해 통통하게 키워 내는 게 오직 농장주 목표라고 했다. 때문에 돼지들은 때가 될 때까지는 살아 있어야 했고, 그런 그들을 살리는 건 항생제 과다 투여였다. 문제는 이

항생제가 우리에게도 전달될 수 있다는 사실이었다. 동물이 섭취하는 곡물이나 기타 사료에 포함된 제초제나 살충제 이야기도 빼놓지 않았다. 이쯤 되니 무엇을 믿고 먹어야 할까, 에 관한 근본부터 의심이 생겼다.

생선이라고 다를 것 없었다. 우리는 생선을 물고기라고 한다. 물에서 사는 고기, 그래서 물고기라 불리는 것 말이다. 생선이 나쁜 건 중금속 오염, 미세플라스틱 오염 등에 노출되어 있어, 이들을 먹는다는 건 오염 덩어리를 섭취한다는 말과 다름없었다. 계란, 우유와 유제품도 마찬가지. 대량생산에서 오는 문제로 각종 균에 감염되고, 결국 이를 먹는 것은 인간이었다. 먹고 마시겠다고 결정한 건 우리기에 질병에 대한 책임도 우리에게 있는 셈이다.

오염도 문제지만, 동물성 식품에는 우리 몸에 불필요할 만큼 많은 양의 단백질, 지방, 콜레스테롤이 있다는 게 질병의 원인이 된다고 했다. 이것들은 처리되지 못하고 잉여 성분이 되어 우리 몸에 독이 된다.

"우선 몸이 필요한 것 이상의 단백질 과잉 섭취는 간과 신장을 피로하게 한다. 초과 단백질을 배출하기 위해 주로 역할 하는 것이 간과 신장이기 때문이다. 평균적으로 70~80세를 사는 동안 동물성 식품을 소화하느라 신장 기능의 1/4을 잃기도 한다. 지방의 경우, 인체는 지방으로서 몸에 즉시 저장한다. 초과 저장된 지방은 인슐린 저항성이라 불리는 질병의 보증수표가 된다. 인슐린 저항성은 심장병, 중풍, 제2형 당뇨의 일등 공신이다. 또한 체중증가가 만병의 원인이라는 건 말하지 않아도 알 것이다. 우리가 동물성 식품을 먹어서 콜레스테롤을 대량으로 몸에 집어넣으면 잉여 생산물이 우리 피부와 힘줄과 동맥에 쌓이게 되는데, 결과적으로 심장과 뇌로 가는 혈관에 질병을 일으키는 제1의 원인이 된다."

존 맥두걸, 《어느 채식의사의 고백》, 강신원 역, 사이몬북스, 2017. 08. 28

"나는 괜찮은데? 아프지 않은데?"라며 몸의 처리용량을 과신한 게 실수였다. 살이 쪘을 테다. 처리하지 못한 독소가 지방으로 저장돼 살이 찌고 있었을 테다. 몸은 우리에게 신호를 보내고 있었다. 알아채지 못한 우리만 있었을 뿐이다. 결국 불필요하여 '과다'가 되어버리는 동물성 식품은 인간을 위한 음식이 아님이겠다.

하나가 확실해졌다. 나쁜 사람 못지않게 고기도 나쁘다. 잘못은 먹은 우리가 했지만, 고기는 몸에 나쁘다. 사람이 동물을 벌이의 매개로 이용했다면 그것 또한 나쁘다. 여태 가리지 않고 치킨, 삼겹살, 소고기, 양꼬치, 우유, 치즈 모두를 먹어놓고 이제 와 떠드는 나도 좀 웃기지만. 늦은 후회를 한다.

1장: 충격

그렇게 질병

그렇게 병이 드는 거랬다. 몸에 맞지 않는 옷을 입은 것처럼, 몸이 소화할 수 없는 나쁜 음식을 먹어서 그런 거라고 했다. 나쁜 사람들이 생산한 몸에 나쁜 고기가 쌓여 우리를 병들게 했다. 존 맥두걸 박사는 고생계우유(고기, 생선, 계란, 우유)를 섭취한다면 그게 바로 질병의 원인이라고 했다. 인간을 위한 음식이 아니기 때문이라고 덧붙였다.

인간의 몸이 감당할 수 없을 만큼 많이 들어있는 단백질과 지방, 콜레스테롤이 우리를 아프게 하는 거라고 했다. 걸리는 병으로는 심장병, 중풍, 제2형 당뇨, 관절염, 골다공증, 암 등 듣기만 해도 아픈 거였다. 이 어마무시한 병이 칼슘을 이유로, 단백질을 목적으로 먹었던 동물성 식품에서 온다는 것이 좀 충격이었다. 나도 이름만으로 무서운 이 병에 걸릴 수 있었단 말일 테니까. 그는 단백질, 지방, 콜레스테롤이 처리되지 못하고 몸에 남은 독소가 되는 바람에 걸리는 병이라고 그랬다. 어떤 동물성 식품을 먹어도 약간의 차이만 있을 뿐, 결과는 비슷하고 당신은 아플 거라고 했다. 읽을수록 우리 몸은 동물성 식품이 주는 단백질, 지방, 콜레스테롤을 전부 처리할 능력이 없다고 이해할 수 있었다. 인간을 위한 음식이 아니라는 말을 다시 보게 된 순간이었다. '독소'라는 어감이 많은 걸 와 닿게 했다.

다만 의외였다. 과도한 지방 섭취와 콜레스테롤이 우리를 아프게 한다는 건 알고 있었다. 다행히 통념에서 크게 벗어나지는 않던 이야기였다. 허나 단백질은? 고기류를 먹지 않으면 단백질이 부족하다고 하는 소문의 근거는 뭐지? 결론부터 말하자면 우리는 식물성 음식을 통해 '몸에 필요한 단백질을 충분히' 얻을 수 있었다. 그 말은 식물성 식품이면 되는 거였다.

닭의 가슴을 도려 만든 닭 가슴살을 굳이 찾아 먹을 필요란 없었다. 나보다 댓 살은 어리던 PT(personal training) 선생은 말하곤 했다.

"누나! 단백질이 너무 부족해요. 조금 더 챙겨 드세요."

효과적인 운동 퍼포먼스를 위해 챙기라는 것 아닐까, 하던 이해마저 할 수 없어졌다. 〈게임 체인저(game changer)〉라는 다큐멘터리에서 완전 채식이 운동선수에게도 뛰어난 효과를 발휘함을 입증했기 때문이다. 선생도 몰라서 그런 거였을 테다. 그의 잘못을 탓하는 건 아니고, 그저 내가 너무나도 말 잘 듣는 회원이던 것이다. 단백질 더 챙겨 먹으라는 말에 어떤 날은 닭 가슴살을 두 덩이씩도 먹은 것 같다. 매끼 챙겨 먹는 선생보다야 덜 먹었지만 시키는 거니 꼬박꼬박 챙겨 먹었다. 때문에 보통 쟁여놓고 먹어야 했다. 냉동 닭 가슴살 한 상자를 사도 금방

동이 나곤 했다. 지금 생각하면 내게 먹힌 닭에게 미안하지마는 그때는 그게 몸을 위한 길인 줄 알았다. 닭보다는 내가 앞서 있었고, 무엇보다 필요하다고 하니 먹어야만 하는 줄 알았다. 그러던 어느 날인가. 선생이 발을 절뚝이며 다가왔다. 안 좋아 보이기에 어디 아프냐 물었더니 통풍이란다. 요산 수치가 높아서 그렇다나. 25살인 나의 첫 PT 선생은 우걱우걱 닭 가슴살만 먹는 거 같더니 결국 통풍이 온 듯했다. 때문에 맥주 대신 소주만 마셔야 했던 선생의 마지막 모습이 문득 생각난다.

그런데도 단백질 얻겠다며 고기 먹는 건 비단 선생뿐만은 아닐 것이다. 꼭 단백질은 고기에서 얻는 걸로 학습됐으니 말이다. 최근 읽게 된 김한민 작가의 책 《아무튼, 비건》에서는 단백질 과잉은 소화효소 낭비와 칼슘과 같은 미네랄 소모를 불러일으키고 세포의 대사와 교체, 재생을 지연시켜 인체의 생리 기능 유지와 면역 기능에 문제를 발생시킨다(헥헥)고 했다. 과잉 단백질은 아픈 거라는 결론만 남았다.

반대로 아프지 않기 위해서는 육식을 끊으면 된다고 했다. 대신 채소, 과일, 현미밥, 통곡물, 감자나 고구마 같은 녹말 음식을 잘 챙겨 먹으면 건강한 삶을 살 수 있단다. 걱정하지 말라고, 동물성 식품 끊어서 오는 영양 불균형은 없다고 했다. 식물성 식품만 먹어도 충분히 몸에 필요한 영양을 얻을 수 있다고 말이다. 다만 비타민 D를 위해서는 약간의 햇빛을 통해, 유일하게 식물에서 얻을 수 없는 비타민 B12를 위해서는 김치 같은 발효식품이나 김과 해조류를 통해 구할 수 있다고 한다. 그저 잘못된 통념이 우리를 그르쳤고, 상업자본주의가 우리를 알 수 없도록 했다. 그렇게 병에 걸릴 수밖에 없던 우리였다.

병에 걸린 우리는 병원에 가야 했다. 의사로부터 진료를 받았고, 약을 처방받아 먹었다. 약 기운에 증상은 완화될 수 있었다. 허약해진 것 같아 몇 가지 영양제를 사 먹었다. 실은 영양과다였을지 모르는데, 식물성 식품으로부터 몸에 필요한 영양소를 고루 공급받을 수 있었을 텐데 굳이 약을 먹었다. 병원을 나와서는 고기를 먹으러 갔다. 원기 보충하겠다며 양껏도 먹었는데, 그러고 얼마 지나지 않아 다시 아파졌다. 다 나은 줄 알았더니 역시나 완화 수준이었나 보다. 병원에 가야 했다. 이 악의 고리는 고생계우유를 끊지 않는 한 나아질 것 같지 않다. 그들이 바라는 바인지도 모르겠다.

학대받는 동물

나처럼 두 눈 껌뻑이던 개들이, 돼지가 소가 생선이 죽음을 치러 밥상 위 고기가 된다는 사실에 무뎠다. 사체가 된 것의 죽기 직전 모습은 숨 쉬며 고통마저 느끼는 동물이었다는 건 정말이지 생각하지 않고 지냈다. 벌겋게 덩어리진 육체는 그저 반찬이 될 고기였고, 얇게 뜬 회는 싱싱한 술안주라고 여겼다. 몸에 좋고 맛도 좋으면 되었다. 이제는 맛은 차치하고 몸에 나쁘다는 걸 알았지만, 개들이 내 식탁에 오르기까지 고통은 생각해 보지 못했다. 하물며 반려견과 함께하는 우리 집임에도 그랬다.

우리 강아지 메오는 가족인 한 편 동물에 속한다. 개니까 갯과 동물. 한편 한국산 메오는 보신탕이라는 그럴싸한 말로 개고기를 먹는 나라에 살고 있기도 하다. 개장수에게 붙잡히는 날, 언제든 탕에 넣일 수 있다. 그런데도 나는 메오가 보신용 고기로서 줄에 매달려 있는 모습을 상상하지 못했다. 아니, 상상할 수 없었다. 왜 그랬을까. 고기가 처음부터 고기는 아니었을 텐데 말이다. 어딘가 시작은 있었을 텐데. 그것이 어디서 왔고 어떤 과정을 거쳐 나와 조우하게 되었는지 관심 없던 나의 잘못이기도 하다.

그러나 과정을 생략한 누구의 잘못도 있었을 것이다. 잔혹 참상에 대해 알려봐야 득 될 것이 없는 이해관계자들이 그랬을 터이다. 몰랐던 것을 짧은 시간에 많이 알아가고 있다. 제레미 리프킨의 《육식의 종말》은 정말 최악이었다. 책이 아니라, 처참한 공장식 대량 사육의 실체에 적나라하게 보여주는 모든 장면 장면이 다 최악이었다. 잔혹 참상은 멀리에 있지 않았다.

책에서 본 몇 가지 충격에 대해 이르자면(일종의 고자질) 이렇다.

"송아지가 태어난 이후에는 성질을 좀 더 '유순하게' 만들고 양질의 소고기를 얻기 위한 목적으로 어린 수송아지를 거세한다."

"목장주는 동물들이 서로 상처를 입히지 않도록 뿔의 뿌리를 태워 버리는 화학 연고제를 사용해 뿔을 없앤다. 나이 든 수소의 경우 마취제 없이 톱을 사용해 뿔과 뿌리를 잘라 버리기도 한다."

"일부 비육장에서는 비용을 줄이기 위해 시험적으로 마분지, 신문, 톱밥을 사료에 첨가하는 프로그램을 진행하고 있다. 몇몇 공장형 농장에서는 닭장이나 돼지우리에서 분뇨를 수집해 그것을 육우 사료에 직접 섞기도 한다."

"미국 식품의약청(FDA) 관리자들은 몇몇 비육장에서 비용을 줄이고 동물들의 체중을 좀 더 빨리 불리기 위해 사료에 산업 오수와 기름을 첨가하는 것이 이제는 공공연한 사실이라고 설명했다."

제레미 리프킨, 《육식의 종말》, 신현승 역, 시공사, 2002. 01. 31

이 글을 보는 순간 지난 8월 터키에서 있었던 일이 떠올랐다.

3달 정도 터키에서 지내게 되었다. 막 터키인 남편을 두게 된 참이었고, 결혼을 빙자로 터키에 가야 했다. 기간 중엔 터키 대명절 쿠르반 바이람이 껴 있었다. 쿠르반 바이람이란 희생절이라는 의미로, 소나 양 같은 동물을 희생시킴으로써 소외된 이웃과 나누는 날이다. 명절을 앞두고 사람들은 바빠진다. 가진 자는 이웃과 나눌 소나 양 한 마리를 준비한다. kg 단위나 크기 단위로 적당한 동물 한 마리를 골라 예약을 마치면, 예약당한 소나 양은 특정일에 죽일 준비가 된 채로 기다리게 된다.

그 맘쯤으로 트럭 위에 실려 다니는 소나 양을 자주 볼 수 있다. 한 트럭에 네 발로 선 걔들은 아무것도 모른 채 어딘가로 실려 간다. 도통 서울에서 보기 힘든 풍경에 한참을 쳐다보았다. 희생당할 것을 알아 약간은 연민의 시선으로. 그러다 양 한 마리와 눈이 마주쳤다. 우리는 분명 서로를 쳐다보고 있었다. 교감할 수 있는 상태였다.

고개를 홱 돌렸다. 걔가 어디로 갈 것인지, 며칠 뒤면 어떤 희생을 치를지 알고 있는 내가 아무것도 할 수 없어 한 회피였다. 일종의 죄책감이었을까. 잊으려 했지만, 한동안은 머리에 떠나지 않았고, 음. 그랬다.

트럭 위 실려 가던 양을 떠올리다 죽음까지 떠올렸다. 태어나고, 살아지다가, 마지막 죽는 순간은 어떠한가. 처참할 뿐이다. 전기충격을 가하는가 하면 고열로 죽이기도 한다고 했다. 살아 숨 쉬던 동물이 고통으로 한순간에 사체가 되는 과정이었다.

감정 하나가 남았다. 인간을 위해 살아지고 죽여지는, 자본이 개입된다면 보다 무자비한 방식으로 살아지고 죽여지는 개들이 참 딱하다고. 보지 못해 알지 못한 게 참 많았다고. 음식이 되고자, 상업자본주의의 매체가 되고자 동물에게 자행된 사실을 알고 나니 몹시 불쌍해졌다. 나와 마주쳤던 개 두 눈은 또 어찌나 떠오르던지. 가슴에 송곳 하나를 박은 듯 슬펐다는 건 거짓이지만, 아무래도 그만한 사랑은 없는 나라 그럴지 모르지만 이건 좀 아니지 않나.

1장: 충격

그래서 젖소였니

모 포털에서 읽은 기사 중 적잖은 충격으로 다가온 게 있다면 채식하는 수의사의 고기 이야기였다.

우선 그는 "육식을 하는 것이 동물에 대한 사랑이 없어서가 아니라, 정보의 부족 때문"이라고 한다. 가축의 질병 치료 및 예방, 위생, 사육, 관리, 경영 따위를 최전선에서 연구하는 전문인의 시선에서 마땅히 꺼낼 수 있는 의견이겠다. 그의 말에 의하면 수의학과에서는 동물을 크게 세 가지 카테고리로 나눈다고 한다. '반려동물', '야생동물' 그리고 '산업동물'. 기준은 치료의 목표와 범위라고 했다.

반려동물의 경우, 치료 목적이 건강하고 고통 없는 삶을 보내게 하는 것이라면 산업동물의 치료 목적은 오로지 생산성을 높이는 것에 집중해 있다고 한다. '산업'으로 분류된 동물이라면 건강이나 고통과는 무관하게 오직 경제적 가치에 따라 보살핌을 받는다는 의미겠다. 이것은 종 차별의 문제가 아니라 상업자본주의의 희생양이 된 동물의 측은함이 문제이다.

그는 글의 중간쯤 발칙한 질문을 던졌다. 소젖을 짜기 위해 사육하는 젖소는, 수컷일지라도 젖이 나올까? 젖소는 젖을 짜기 위해 개량된 품종으로, 임신하지 않아도 젖이 항상 나올까? O와 X 모두 그럴싸해 보였으나, 정답은 모두 X. 젖소를 얼핏, 젖을 생산하는 소라는 소의 특정 품종쯤으로 여겨왔다. 생김새도 보통 '소'하면 떠오르는 누런 황소랑 달라 착각을 부추겼다. 젖소 하면 네덜란드 프리슬란트 지방 원산인 홀스타인(흰 바탕에 검정 얼룩이 진 소위 얼룩소같이 생긴)이 떠오르니까. 그래서 젖소라 하면 탄생 자체가 밀킹(milking)을 특성으로 한 소 같지만 그렇지 않았다. 실은 '젖을 짜기 위해 기르는 소', 그러니까 생산 목적이 '젖(우유)'이라는 말이었다. 그것도 소의 새끼가 아니라 인간에게 먹일 우유. 그들은 생산 목적을 달성한 후에야 가치를 인정받아 왔다.

생물학적 섭리가 그렇듯, 젖은 수컷에게 나오지 않고 암컷에게 나온다고 했다. 또한 암컷이라는 이유로 언제고 젖이 나오는 게 아니라 임신이나 수유 상태일 때만 생산된다고도. 즉 암컷 소는 젖을 생산하기 위해 계속해 임신하거나 수유 상태인 채로 있어야 한다는 말이었다. 그러므로 젖소는 그 생산 목적을 다하기 위해 강제로 임신 되어야 하고, 출산 후 송아지를 떼어놓은 채 착유 과정을 반복하다 다시 임신하여지고, 제 쓸모가 없어지면 죽임을 당해 온 것이다. 할 말을 잃었다.

환경파괴의 끝

종국에 COVID-19는 올 것이 온 것에 불과했고, 그제야 인간은 지구환경에 관해 관심 두기 시작했다. 꼭 데어봐야 뜨거운 걸 아는 것처럼. COVID-19와 환경파괴 간 연관성에 대해서는, 결론부터 말하자면 환경파괴로 인한 기후변화, 이로 인해 생물다양성 감소(즉, 멸종위기에 놓인 생물의 급증) 및 서식지를 잃은 생물이 인간 거주지로 터를 옮겨오기 때문이라 할 수 있다.

우선 '생물다양성'이란 지구에 생존하는 모든 종의 다양성, 이들이 서식하는 생태계의 다양성, 또는 생물이 지닌 유전자의 다양성을 총체적으로 지칭하는 말이다. 이를 두고 제인 구달은 '생명의 그물망'이라고 할 만큼 외부로부터 자연을 보호하는 안전망이라 할 수 있다. 자연계가 하나의 사슬처럼 촘촘히 엮여 있을수록 외부 영향에 대한 저항력이 강하다.

반면 생물 종 감소는 '생명의 그물망'이 끊겨 나가 지구의 안전망에 구멍이 생기고, 균형이 무너짐을 의미한다. 외부에 대한 저항력이 약해져 자연 스스로 정화하는 능력을 잃은 상태가 되는 것이다. 자연이 건강하지 못하면 자연에 빌려 사는 인간 또한 아플 수밖에 없다.

또한 서식지를 잃은 생물이 인간 거주지로 옮겨 옴으로 인한 인간과 접촉 증가는 인수공통 전염병에 노출될 가능성이 커짐을 말한다. 최근 COVID-19 또한 야생동물을 중간숙주로 인간에게 퍼진 전염병이라고 한다. 그래서 COVID-19와 환경 파괴는 연관적이다. 누구를 탓할 것도 없이, 전염병의 시작은 인간의 무분별한 자연 훼손이었다.

한때 전염병은 우리의 증오 대상이었다. 결혼 전, 남편과 나는 한동안 롱디로 지내야 했다. 서울에서 부산 간 연애도 아니고 터키에서 한국 간 국제 연애. 남편은 서울로 유학 온 터키인이었다. 잠시 고국으로 돌아간 그가 참을 수 없이 그리워 터키에 가려던 참이었다. 그 무렵 우릴 막은 게 COVID-19였고, 젠장. 출국 일주일 앞두고 터키에서 한국인 오지 말라 그랬다(유럽엔 바이러스가 퍼지기 전이었다). 자국민 지키겠다는 터키 정부 결정을 탓할 수는 없었고 그저 바이러스가 뭣 같을 뿐이었다. 그 후로 그를 만날 때까지 수개월이 더 걸렸다. 하루는 가슴이 먹먹해 자다 일어나 가슴을 퍽퍽 두드려야 했다. COVID-19 이후 타이태닉 같은 재난 영화를 보면 눈물이 주르륵 흐르는 건 꼭 얼음이 되어 가라앉은 잭이 가여워서만은 아닐 테다.

재난은 우리 모두의 이야기가 되었다. 환경이 파괴될 만큼 괴롭혔다간 큰코다친다는 걸 뼈저리게 배웠다. 오직 이익을 위해 무분별하게 굴었다면 이 또한 멈춰야 한다는 걸 알았다. COVID-19라는 극강의 체험과 높아진 의식 덕에 많은 이들이 이제라도 자각하기 시작한 건 그나마 다행일지 모른다. 가능한 일회용품 사용을 줄이려는 나의 시도도 그런 이유였다. 배달 오는 젓가락과 플라스틱 수저는 사양한다. 또한 패션산업에서 오는 어마어마한 환경파괴를 핑계로 옷 사는 것마저 줄였다(실은 돈 아끼려 사지 않은 거였지만 결과적으로 환경보호에 도움이 된다고 생각하니 유의미한 일이 되었다. 쇼핑을 더 잘 참을 수 있게 되었다). 뒤져보면 올겨울에도 입지 않은 옷이 제법 된다. 그러니까 그간 필요로 구매했던 건 아니라는 말이 된다. 돌려 입으면 될 일이고, 반복해 입으면 그만이다. 그러나 가장 먼저 해야 했던 건 동물성 식품의 소비를 끊는 거였다. 이것부터 해야 했다.

동물이 동물답게 동물로써 살다 가면 모르겠지만, 동물이 상업을 위해 살아가다 죽는 건 지구환경에 최악이다. 가축이 배출하는 분뇨와 사육으로 더럽혀진 폐수는 하천과 토양을 오염시킨다. 여기도 대량생산이 문제였다. 처치 곤란할 정도의 분뇨와 폐수는 마치 과잉 단백질이 우리 몸에 독이 된 것처럼, 지구에 독으로 작용한다. 신음하는 지구는 온몸으로 느낄 수 있다.

다음은 사막화였다. 가축 사료 재배를 위한 경작지 확보를 위해 벌목을 지속해 열대우림을 파괴하는 것으로부터 시작된 것이란다. 알다시피 사막화는 문제가 많다. 가뭄과 건조화 현상, 엘니뇨 현상과 지구 온난화에도 영향을 미치기 때문이다. 우리가 만든 사막화가 돌멩이 되어 지구 한 바퀴를 돌아 우리 뒤통수를 때릴 것을 생각하면 아찔해진다.

마지막으로 지구 온난화다. 탄소배출이 지구 온난화의 가장 큰 원인이라는 것은 알고 있을 테다. 때문에 친환경 연료를 써야 한다, 대중교통을 이용하자, 난리이지만 '고기를 끊자!'라는 말은 어디에도 들을 수 없다. 들추지 않는 무엇이 있을 테고, 사람들은 그걸 모르고 있다. 축산을 통해 배출되는 탄소의 양이 전체 배출 탄소의 최소 18%를 차지한다고 한다. 이는 땅을 기거나 물 위를 헤엄치거나 하늘을 나는 모든 교통수단을 다 합친 배출량(13%)보다도 많은 거라고 했다. 그런데도 고기 끊자는 말은 쏙, 빠지고 연료를 바꾸거나 교통 이용을 줄이자고? 심지어 생선은 탄소 문제를 해결해 주기도 한다는 미국 럿

거스대 연구팀의 연구 결과도 있다. 생선이 배변과 호흡 및 여타 분비물을 통해 한해 대략 16억5천만 톤의 탄소를 해결한다는 분석이었다. 살아 숨쉬기만 해도 탄소 제거에 도움을 준다는 말이었다. 생선을 살아 있게 놓아두어야 한다는 정부 차원의 대책은 아직 듣지도 보지도 못했을 뿐이다.

올 한해는 특히 날씨가 미친 것만 같다. 요란하기 그지없다. 예측이란 예측은 죄다 틀렸고, 덥다가 춥다가 하는 바람에 점퍼를 입어야 할지 말아야 할지 고민의 연속이다. 날씨가 심술부리는 줄로 이해했다. 인간이 좀 많이 괴롭힌 탓에 "나도 좀 살고 싶다."라는 하늘의 소리 같다. 그런 날이 지속될수록 변해야 할 우리와 멈춰야 할 우리가 동시에 그려진다. 일회용품 덜 쓰는 것과 옷을 덜 사 입는 것으론 부족하겠지. 더 큰 행동이 촉구되는 기분. 환경보호, 기후변화에 대한 전례 없던 관심이 생기며, 그래서 나는 동물성 식품을 끊을 수 있을까?

1장: 충격

더는 먹을 수 없어

삼합, 나의 건강과 동물에 대한 연민과 지구환경 보호라는 세 개의 큰 지향점이 생기고 나니 더는 먹을 수 없어졌다. 개중 건강의 지분이 다분히 크긴 하지만, 가축 동물에 대한 연민도 건강 못지않게 깊이 다가왔다. 먹방이라 하며 삼겹살 10인분을 야무지게 클리어하는 그를 보고 책에서 들은 사육 현장이 떠올랐다. 서로의 어깨를 부딪치며 서 있어야 할 정도로 비좁은 사육장에 사는 돼지들, 꿀꿀대며 아프고 불편하다며 부르짖을 아이들, 그러던 어느 날 농장주의 소환에 의문의 장소로 불려간 동물들. 실은 '오늘이 그날이구나. 인간 먹이 되는 날.'을 마음으로 감지하고 있을 친구들. 두 눈에 서린 두려움은 무시당한 채 곧 죽여지고, 잘려 나가고, 그 모습을 처참히 바라보고도 다음 차례를 기다리며 살아야 할, 내가 줄기차게 찾던 삼겹살의 전신들. 흉측한 생각이 머리를 돌아다니다 마치 보지 말았어야 할 범죄 현장을 본 듯 '으으!'하고 몸서리쳐졌다.

몹시도 반듯한 나라 그런 건 아니다. 불의를 보고도 앞에선 부들부들 참다 뒤에서 대폭발 분노하던 날도 많다. 옛날엔 죄의식 없이 길바닥에 껌 종이를 버리기도 했고, 지금도 종종 무단횡단을 하고, 오락실에서 누가 떨구고 간 오백 원을 발견하기라도 하면 냉큼 오락기에 넣고 그가 못 다한 게임을 대신하기도 한다. 그러니까 올바른 일이니 '그럼! 동참해야지!' 하며 의지를 부린 거라기보다 알게 된 것들이 너무 역해서. 그래서. 단지 조금의 용기를 내보기로 한 것이다. 따라서 먹지 말아야지, 보다 '먹을 수 없다.'가 맞다.

"어느 날 무언가를 보았고, 알게 되었고, 이래선 안 되겠다 싶었다."라는 김한민 작가의 말이 기억난다. 이 문장을 처음 읽었을 땐, '거참 무슨 말씀입니까 작가님?' 하던 나였는데 지금은 꼴이 딱 그와 같다. 비건은 같은 지점에서 탄생하는 건가, 싶은 비슷한 감정으로 나 또한 용기 내기는 했다. 욱, 하고 쳐 오르던 용솟음이 있었다. 고작 첫 번째 책 반 권을 읽은 것에 불과했지만 통념은 깨졌고, 배신감은 극에 달했다. 몸에 좋다던 게 실은 나를 시들게 하고 있었다.

"동물을 죽인다는 것은 영성이 진화해가는 도구를 뺏는 것이요, 진화 과정의 한 부분을 송두리째 빼앗아버린 것이므로 조금이라도 깨어 있는 영혼이라면 내면적으로 당연히 괴로울 수밖에 없다. 그런데 이런 죄의식을 잊고 자신의 행위를 정당화시키면서 포장하면 마음에는 어둠이 생기고, 그 결과 두려움과 고독, 분리감이라는 나쁜 세균이 자라나기 시작한다."

이도경, 《채식의 즐거움》, 소금나무, 2020. 09. 14

나는 내 건강을 돌본다는 당위로 동물을 아프게 했고 지구를 파괴해왔다. 그러다 보았고, 알게 되었고, 이래서는 안 되겠다 싶었다. 어쩌면 이 또한 운명이었을지 모른다. '비건'이라는 동물성 식품을 전혀 먹지 않는 적극적 개념의 채식주의자가 되기로 한 것 말이다.

감사한 일이라고도 생각했다. 나처럼 수면 밑 깊이 가라앉아 있던 진실을 마침내 발견한 동지도 분명 있을 테다. 적잖이 놀랐을 테고, 심하게는 충격받았을 것이다. 그러나 그것이 전부였을지 모른다. 충격은 가끔 우리를 스쳐 지나가기도 하니까. 그러지 않고야 살아내기 힘든 세상에 놓인 우리이기는 하니까. 비건 되길 용기 내기까지 시간이 필요한 동지도 있을 것이다. 덜고, 덜고, 덜어냄으로써 일상(이었던 일상)을 한순간에 배제해 버린다는 게 쉬운 일은 아니다. 그리하여 때를 기다리는 동지일 것이다. 하고는 싶은데 여건상, 직장 분위기상, 유별나다는 소리 듣기 싫어서. 마음의 소리를 잠시 음소거 해둔 채 오늘을 살아가는 그들일 거라 믿는다. 그리고 행하기까지는 용기가 필요한 일이라는 생각에 그들을 이해할 수 있다. 아이러니하게도 감사한 것은 그런 이유이기도 하다. 배신감이 극에 달했던 덕에 용기 낼 수 있던 것. 삼십 년 넘게 모르고 살아왔다는 불편함에 지체할 겨를 없이 거대한 변화에 올라타겠다는 그 자체를 말이다. 마음의 역함을 다독이기 쉽지 않은 사람이라는 게 이때만큼은 유익한 점으로 남는다.
삶의 파장이 바뀔 것이다. 그나저나 비건의 뜻도 잘 모를 엄마에게 "나 비건 될 거야."라고 하면 엄마는 뭐라고 할까. 일단 나부터 빤히 쳐다볼 엄마 얼굴이 선하다. 표정까지, 곧 이어질 대사까지. 걱정으로 점철되어 있을 것이다. 엄마야 그렇다 치고, 같이 사는 남편은 동의해 줄까. 나의 건건사사에 영향받는 그. 식과 주를 함께 하는 남편은 과연 어떤 반응을 보일까. 삼겹살도 좋아하고 초콜릿케이크도 좋아하는 그인데.

후.
우선은 용기 낸 자체에 집중하기로 했다. 어떻게 얻은 용긴데 엄마 잔소리나 남편 반응이 겁나서 잃어버릴 순 없었다. 허나 여태 살아 온 삶이 스치지 않는 것은 아니다.

2장: 방황

삼겹살에 소주 한 잔,
끊을 수 있을까?

고기, 너 없는 난

고기, 생선, 계란, 우유, 유제품. 그래, 내가 비건이 되기로 한 이상 이 맛있는 것들을 다 끊어야 하고, 특히 고기. 너를 끊어야 한다. 생선도, 계란도, 우유랑 유제품도 다 끊을 수 있겠는데(자주 안 먹으니깐) 그래, 너 고기. 너를 끊어내야 한다는 게 두려움으로 작용한다. 이별이었다.

내 나이 서른셋. 이별이 처음은 아니다. 차이거나 차여도 보며 다양한 헤어짐을 겪었다. 조금 오래된 연애 끝엔 비교적 긴 시간 아팠고, 끽해야 몇 주짜리 연애도 짧지만 아픔이었다. 매번 아파하며 가슴은 왜 아야아야 한 걸까 생각했다. 내가 상대를 견디지 못하거나 나를 향한 상대 마음이 식어 떠난 것뿐인데, 인연이 아니라 그런 건데 왜 가슴은 고구마 100개를 물 없이 먹은 것처럼 미어지는 것인가. 얹힌 가슴이 고통스러워 수없이 고민하던 날이 있었다. 그리하여 내린 결론이라면 내 것이던 것이 한순간에 내 것이 아니게 될 때. 영원할 것만 같던 사랑은 온데간데없이 내 것이던 남이 남았을 때. 퇴근 후 익숙하게 누르던, 조금 전에도 전화해 통화 버튼만 누르면 바로 걸릴 그 번호에 더는 전화 걸 수 없고, 말 걸 수 없고, '잘 지내니, 나랑 헤어지니 좋니?' 하고 물을 수 없어 윤종신의 '좋니'만 하염없이 들어야 할 때. 나의 생활은 피폐했다.

대뜸 그 생각이 났다. 끼니마다 고기는 빠지질 않았다. 닭 가슴은 샐러드가 되어 풀 위에 누워있었고, 삼겹살은 조각이 되어 불판 위에 지글대었다. 단출한 식탁엔 노릇노릇 구워진 스팸 한 조각이라도 올려놓아져 있었다. 피자에는 불고기 토핑이, 핫도그엔 소시지가, 삼각김밥엔 제육볶음이 숨어 있었다.

숨 쉬듯 자연스러운 일상이었다. 단연코 더는 먹을 수 없는 음식이 되어있을 거란 생각은 하지 못했고, 시도 때도 없이 만나는 탓에 너무나 익숙해 버린 고기와 하는 헤어짐이 조금 두려웠다.

헤어질까 말까를 고민하던 시절에 그랬던 것 같다. 마음이 많이 떴다. 헤어짐의 목전까지 상상해 보기도 했다. 그랑 헤어지면 어떻게 될까. 한 번은 감정의 파국이 일겠지. 그게 두려워 질질 끌던 때가 떠올랐다. 익숙함에 젖어, 헤어짐이 두려워 이별하지 못하던 내 처지. 나를 위해 반드시 끊어내야 할 남자였다. 지금에 와 생각해 보면 거지 같은 놈, 이라는 욕이 차오르지만, 그때는 끊어내지 못하는 내가 거지 같았다. 흑흑. 거지같으니라고. 영영 볼 수 없음은 헤어짐을 방해한 큰 요소였다. 겁이 났다. 고기가 먹고 싶진 않을까, 없이 살 수 있을까 망설여졌던 거다.

당장 팬트리 한 편엔 명절에 받은 스팸이 줄지어 서 있었다. 그

옆엔 참치 통조림이 원형으로 세워져 있었다. 비싼 스팸보다 조금 더 많이. 한때는 쌓여 있는 통조림 보며 풍요로움을 느끼기도 했다. 와, 반찬 없을 땐 스팸 따서 구워주면 되겠다. 참치에 마요네즈 뿌려서 슬슬 비벼 먹어도 맛있겠다. 뭐라도 먹고는 살겠다. 냉장고엔 남편이 유독 좋아해 마트 가면 빼놓지 않고 사 오는 베이컨도 있었다. 비싸서 한 번에 많이는 못 먹지만, 저렴했다면 하루에 다섯 줄은 먹었을 거다. 버리려 보니 아껴 먹은 탓에 절반이나 남아있었다. 냉동실엔 닭 가슴살이 수북이 쌓여 있었고, 곁으로 냉동 돈가스가, 고기만두가 자리했다. 이걸 다 버리면 이게 다 얼마일까? 생각하는 인간이 되어 계산하기 시작했다. 때문에 다 먹고 시작할까, 고민하기도 했다. 마트에 가 5만 원어치 장을 보면 내용 대부분이 고기였다. 애들을 버린다면 5만 원을 버린다는 말이었다. 그리고 우리에게 5만 원은 적은 돈은 아니다.

그래도 버려보기로 했다. 통조림 한 통에 온 내부기관이 오염될 것 같았다. 보거나 듣거나 읽어 경험된 것은 우리 행동을 변화시킨다. 불과 얼마 전, 명절 선물로 스팸 들어왔다는 소식에 신나게 부대찌개 끓여 먹던 나는 사라지더니 더는 먹을 수 없게 되었다. 머리가 저항해서다. 다른 동물성 식품도 마찬가지. 먹지 않으려니 아깝긴 하지만 끊을 수 있겠다 싶을 정도의 큰 충격인 듯했다. 스팸도 참치 통조림도 베이컨도 닭 가슴살도 돈가스도 고기만두도 이젠 안녕. 허나 의외로 크게 동요 한 건 라면이었다.

라면수프엔 돼지고기와 소고기가 일부 들어있다. 그 말은 동물성 식품이 포함되었단 말이고 결론은 먹을 수 없다. 고춧가루에 지나지 않을 것 같던 매콤한 라면수프에 실은 동물성 식품이 포함되어 있었다니. 알수록 보이는 것들이 생긴다.

간편식쯤으로 라면을 즐겨 먹던 까닭에 집엔 종류별로 라면이 몇 봉지씩 자리하고 있었다. 유행한다는 순두부 핫라면인가 그것 때문에 사 둔 핫라면, 남편이 좋아하는 짜장라면, 고소한 깨라면, 비빔류 라면. 취향 따라 즐길 수 있게끔 갖춰두었다.

라면 예찬자는 아니지만, 그 마력은 부인할 수 없다. 터키에서 2개월 정도 지낼 때 가장 그리웠던 건 라면에 김치 한 조각이었다. 얼마나 그리웠냐면 오직 라면과 김치 때문에 한국에 가고 싶을 정도였다. 그리고 지금, 한국에 있으나 라면을 먹을 수 없게 되었다. 라면의 존재감을 부인한 채 살아야 한다. 비건이 되기로 했으니까. '비건 되면 라면도 먹을 수 없어. 그래도 할 수 있어?'라는 자문에 단번에 답할 수 없었다. 이때만큼 나는 머뭇거려야 했다.

2장: 방황

삼겹살에 소주 한 잔

그런 날이 있다. 퇴근 후 삼겹살에 소주 한 잔 당기는 날. 유독 열심히 살아냈거나 머리 쓸 일이 많던 하루가 그렇다. 보상 욕구였을지 모른다. 먹으면서는 회포를 풀고, 마시면서는 경직된 몸을 풀고. 속으론 이런 생각도 했다. '몸이 고기가 필요하나 보네. 삼겹살을 원하나 보네. 먹어줘야지.' 그럼 즉시 자주 찾는 연락처나 메신저 상단에 위치해 가장 최근까지도 대화를 이어나간 친구들을 찾는다. 그러다 식성과 주량이 비슷한 친구 연을 소환한다. 삼겹살에 소주 한잔하자고. 맛있는 집 아는데 있느냐고. 별 고민 없이 식당만 정하면 되는 날들이었다.

그런 날이면 발걸음은 유독 가볍다. 작은 콧소리를 내며 식당 메뉴판을 미리 살피는 준비성을 발휘한다. 후기를 찾아보니 이 집 껍데기 잘한다고 한다. 삼겹살 먹고 추가로 꼭 먹자며 연에게 짧은 톡을 보낸다. 마침 미치도록 배가 고프다. 오늘 삼겹살 씨를 말릴 수 있을 것 같다.

고깃집에 도착했다. 고기 냄새가 가게 앞마당까지 퍼져있다. 미리 식사를 시작한 이들로 테이블이 꽉 찼다. 테이블 위엔 빈 소주 한 병과 노릇노릇 적당히 구워진 삼겹살이 3열 종대로 눠어있다. 군침이 돌아 더 참을 수 없다. 고소한 돼지기름 냄새에 미칠 것만 같다.

"이모, 여기(우선) 삼겹살 2인분에 소주 하나 맥주 하나 주세요."

"소주랑 맥주는 뭐로 드릴까?"

"테라처럼 주세요."

"네. 잠시만 기다리세요. 불 먼저 들어갑니다."

한껏 들뜬 마음으로 불을 반긴다. 기다릴 수 없어 소주에 맥주를 탄다. '짠'을 외친다. 빈속에 소맥 한 잔 들이켜니 요즘 하던 단상 같은 것들이 쏟아져 나온다. 들어주는 편에 속하는 나도 이때만큼은 제법 말을 한다. 술자리니까 하고 마는 이야기. 취기에 떠드는 소리. 썰은 고깃집에서 풀린다.

날고기 2인분이 왔다. 나오기가 무섭게 뜨겁게 달궈진 불판 위를 차지한다. 닿자마자 뿌연 연기가 올라오더니 밖에서 맡던 냄새가 나기 시작한다. 고기 기름 냄새. 돼지는 잡식이라 필히 익혀 먹어야 한다던 엄마 말은 여전히 유효하다. 폭 익을 때까지 오매불망 기다린다. 한 번에 숭덩 잘릴 때까지 뒤집기를 반복한다. 가끔 집게로 고기에 압력을 가하기도 한다. 순간 지지직, 소리가 나며 연기가 오르는 게 10초쯤 빨리 익을 거 같아서다. 삼겹살 냄새 때문인지, 알코올 기운 때문인지, 은근한 오렌지 불빛 아래 우리는 취해만 간다. 그사이 "이젠 먹어도 된다."라는 고깃집 이모의 허락을 받는다. 이유 없이 감사하다고 말하고 쌈 하나를 집어 손바닥에 놓는다. 고기를 놓고 갖은양

념과 찬으로 덮는다. 한 잔 들이켠다. 우리는 고기를 뒤집고, 뒤집으면서 듣고, 진지하여 가끔 뒤집기를 멈추기도 하고, 상대를 한 번 쳐다보기도 하며 인생을 논한다. 각별한 시간임은 부인할 수 없다. 삼겹살에 소주 한 잔은 그런 거였다.

꼭 삼겹살이 아니더라도 환상의 듀오는 많았다.

삼쏘(참고로 난 쏘맥을 좋아하니깐, 삼쏘맥): 삼겹살에 소주

치맥(쏘맥 좋아하는 걸 생각하면, 치쏘맥): 치킨에 맥주

양맥(설마 꼬맥은 아니죠?): 양꼬치에 맥주

피맥(또는 피쏘맥): 피자에 맥주

치맥, 양맥, 피맥 할 때 모두 묘한 늘어짐을 느껴왔다. 긴장감에서 해방되던 순간, 각종 고기에 술이 함께 했다. 한 주 고생한 내게 굉장한 보상이었는데, 이젠 안녕해야겠지. 그렇게 생각하니 아쉬워졌다.

'찰나의 쾌락이 있던 그 순간은 다른 찰나에 의해 대체 되어야겠지. 앞으론 다르게 먹어야겠지. 용기에 그치지 않고 변화를 위한 실행을 한다면 말이지. 그러니까 내가 비건이라면 이렇게 되겠지.'

예상에 따르면 문제가 되는 술안주부터 바꾸어야 했다(비건도 맥주와 소주는 마십니다).

김소(사람 이름은 아닌): 김치에 소주

찐옥맥(구수하게): 찐 옥수수에 맥주

월맥(싱싱 건강한): 월남쌈에 맥주

이렇게까지 마셔야겠냐, 는 음성이 내 안에 퍼졌다. 대단히 술을 좋아하던 우리 아빠나 먹던 나물 안주에 소주라 생각하니 처량해지는 한편, 하. 김치에 소주 먹는 초빼이(부산에서는 술꾼을 이렇게 부르더라)가 내가 될 줄이야. 그래도 여전히 남편과 술 한잔할 수 있다는 사실에 다행이라고 생각했다. 그것만으로 양보 되는 감정이 생겼다. 그러나 김소는 좀 고려해 봐야겠다. 대신 고구마나 감자구이 같은 걸 만들어봐야지. 그래도 찐 옥수수나 월남쌈은 제법 괜찮을 것 같기도 하다. 좋아하는 것이고, 왠지 똥도 잘 누게 될 것 같다. 변비는 어쩐지 배를 언짢게 하니까.

고기 빼고 나니 먹을 게 정말 없다. 양적 감소가 아니라 다양성의 축소 말이다. 말인즉 고기가 우리 삶에 얼마나 깊숙이 배어 있는지, 덩달아 얼마나 많이 먹어 왔는지 알게 한다. 얼마나 많은 동물이 희생되었는지도. 흠.

2장: 방황

내가 비건이라 하면

남편에게 모든 걸 말했다.

"자기야. 동물성 식품이 건강에 진짜 나쁘대. 동물성 식품 섭취가 인간에게 적합하지 않은데도 우리가 많이 먹어서 그렇대. 그것도 모르고 일부러 고기를 챙겨 먹었다니. 고기 이켤 새언니라며 모자란 새언니는 고기로 보충하라는 광고를 곧이곧대로 믿고 지냈다니. 내가 무지했거나 진실이 가려져 있었거나, 둘 다 이거 나겠지? 완전 열 받아! 동물도 엄청 불쌍해. 막 이상한 사료 먹고 살고, 똥 밭에서 자고, 결국엔 전기충격 받아 죽는대. 상상 해봤어?

나는 전혀 상상하지 못한 일이야. 어떤 근거에서였는지는 모르겠지만, 노화로 인한 자연스러운 죽음 그렇게 탄생한 고기, 이게 내 머릿속 시나리오였거든. 그런데 그게 아니었어. 판매를 위한 고기, 그 이상도 이하도 아닌 삶 속에 살생 당한 거라고. 지구환경에도 마찬가지로 나쁘대. 최근 필환경(반드시 필(必)과 환경의 합성어로, 필수로 환경을 생각해야 한다는 의미)이 이슈로 떠오르면서 탄소 발자국(개인 또는 단체가 직접 간접적으로 발생시키는 온실 기체의 총량을 의미)을 줄여야 한다는 이야기 많이 하잖아. 그런데 자기 이거 알았어? 축산업에서 발생하는 탄소가 대중교통에서 발생하는 탄소를 다 합친 것보다 많대. 당장 육류 소비를 줄이는 게 현실적 대안이 될 수 있는 거야. 그래서 결론은 나도 비건 해볼까?"

"와. 정말? (3초간 정적이 있었다.) 그래. 자기 하고 싶은 거 해."

슈팅 스타 아이스크림처럼 대화 중간중간 팡팡 침 튀기던 나와 달리 남편 반응은 싱거웠다. 일부분에선 안 싱거웠던 것도 같은데 전달력이 부족해서였는지 읽은 나만큼 큰 배신감은 없어 보였다. 차분했고, 언제나 그랬듯 존중해주었다. 그게 다였다.

다음 고백을 떠올렸다. 결심을 마치고 나면, 남편을 필두로 나의 비밍아웃은 시작될 것이었다. '말할 게 있소. 나는 지금까지와 조금 다르게 살기로 했소. 비건이 되었소. 브이이쥐에이엔, Vegan. 내가 다를 수밖에 없는 것은 인간 대부분이 잡식하기 때문이오. 대신 다수가 채식했다면 고백조차 의미를 잃었겠지. 그러지 않아도 되었겠지. 하지만 용기 내보려 하오. 채식 인간이 되려 하오. 이것은 진실을 알게 된 자의 작은 움직임이오. 내 비록 당신이 염려하는바-고기 안 먹고 어떻게 살아, 너 그러다 쓰러져, 골고루 먹어야지-를 잘 알아 예상 반응도 눈에 선하게 그려집니다만. 그릇된 통념에 저항해야겠소. 꼭 그래야만 할 것 같아서라오. 동물과 지구를 희생시켜가며 내 몸이 오염되는 것을 바라지 않소. 추가로 바라는 바 있다면 당신도 내게서 자그마한 영향이라도 받기를 바라오. 강요하진 않겠소. 단지 그거면 되오. 대신 내게서 따가운 시선은 거두어주었으면 좋겠소. 아무래도 당신의 놀란 눈이 나를 외계인 보듯 할 수 있을 것 같기 때문이오. 이 모든 것은 나의 예상에 불과하지만, 꼭 그럴 것 같기 때문이오. 비건이 된 나를 인정해주길

바라오. 이상이오.'

가상의 담화를 나누었다. 그러나 곧 현실이 될 대화. 말하지 않아도 물어 올 것이었다. 만남 중엔 밥을 먹거나 차를 마실 것이기 때문이다. 동물성 식품을 먹지 않아 식당에 파는 대부분의 음식을 먹지 못하는 나와, 우유나 유제품으로 만든 음료는 섭취하지 않는 나를 보며 물을 것이었다. "왜 안 드세요?" 그때마다 나는 앵무새마냥 반복해야 할 터였다.

"제가 비건이 되어서요."

더 물을 것이었다. "왜요?" 가상의 담화엔 자리 잡은 새 신념으로 동물성 식품을 끊게 된 내가 포함되어 있지만, 이것만으론 부족했다. 논리적으로 이야기해야겠다는 생각이 들었다. 뭐라고 하는 게 좋을까, 스스로에겐 합리적 믿음이 되어버린 일을 타인에게 설명하려니 조금 멍해졌다.

그러다 삽시간에 토론이 되지 않도록 할 적정 답안을 찾았다. 예상 질문에 세 가지 답을 할 수 있다는 걸 알았다.

첫째, 건강이 주목적

둘째, 동물에 대한 연민

셋째, 기후변화의 심각성 인지, 지구환경 보호

동물성 식품을 끊기로 한 이유였다. 건강을 목적으로 갖게 된 관심이 동물로 번졌고, 이는 기후변화 대응과 지구환경 보호에 앞장서는 일이었다는 것. 꾸며낼 것도 없이 자체로 근사한 이유가 되었다. 다만 동물성 식품의 어떤 면이 우리 건강을 해치는지, 동물은 고기가 되기 위해 어떤 죽임을 당하는지, 왜 그리고 어떻게 육식이 지구환경을 파괴하는지 명쾌하게 이야기해 주면 되겠다고 생각했다. 채식에 관해 깊이 공부할 필요가 생겼다.

비건이 되겠다 결심하기도 전부터 상대의 반응을 떠올리고 혼자 반응한다. 북 치고 장구를 친다. 식사 때마다 구구절절 늘어

놓는 설명이 싫어 채식을 포기한 사람도 있었을까? 그리고 있었을 거라는 짐작을 한다. 아무렴 타인 기준 대신 내 기준에 맞춰 사는 나도 이런 준비를 하는데 말이다. 비건으로 살아남기란 전에 없던 부가 노력이 필요한 일인가 보다. 영양학 방면으로 공부도 해야 하고, 동물 학대와 환경오염에 대해서도 잘 알아두어야겠다. 상업자본주의가 퍼뜨린, 보통 지식이 되어버린 잘못된 통념을 한낱 쓰는 인간인 내가 잘 못 되었다고 하는 꼴에 질문이 쏟아질 것 같으니까. 그리고 질문에 답하는 내 대답에 따라 상식이라 믿고 있던 그것이 조금은 바로 서게 될지 모른다는 생각에 공연히 책을 읽고 싶어졌다. 다큐멘터리도 찾아봐야겠다. 활자로만 읽던 생생한 활동감을 화면에서 볼 수 있을 테다. 전과 같이 살았다면 안 해도 되었을 노력에 억울하지는 않다. 나아지려는 시도는 그럴 가치가 있다.

2장: 방황

명태 반 토막이 나를 보네

그가 만나자고 했다. 근무 중인 나를 배려해 점심시간에 회사 근처로 오겠다고 했다. 몇 시부터 몇 시까지 시간 내어 줄 수 있냐 물었고, 그 시간이면 밥 먹고 차 한 잔 마시면 되겠다고 했다. 나는 그러자고 했다. 약속은 성사되었다.

약속한 날이 되었다. 그날은 특별했다. 동물성 식품을 더는 먹을 수 없겠다며 용기 낸 날이었고, 끊겠다는 결심만을 남기고 있던 날이기도 했다. 여느 점심 약속과는 완전히 달랐다. 종로 바닥 근무 십 년 차라 돈가스 맛집, 초밥집, 곰탕집, 짜장면 잘

하는 중식집 모두 꿰고 있었지만 시원하게 어디 하나 추천할 수 없었다. 어디로 가면 될지 알려달라는 그에게 찾아보고 연락드리겠다고 했다. 내가 알던 맛집은 죄다 고기를 베이스로 한 음식점이었다. 마땅히 모실 곳이 없어진 것이었다. 1시간쯤 지나 그에게서 출발한다는 메시지가 왔다. 식당은 정했냐며, 돈은 내가 낼 테니 비싸고 맛있는 것도 상관없다고 했다. 여전히 뭘 먹어야 할지 몰라 나는 골몰했다.

1시간쯤 지나니 그가 도착했다. 마스크에 가려 있어도 멀리서부터 그임을 알 수 있었다. 그도 나를 보았다. 긴 머리를 잘라 단발이 된 상큼함으로 나를 불렀다. "은경 씨!" 누가 초등학생 딸 둘을 둔 엄마라고 믿을까 싶은 앳된 외모. 볼 때마다 놀라운 그는 나를 보자마자 한마디 거든다. "뭐 먹을래요, 식당은 정했나요?" 만나기 직전까지 고민해야 했고, 고심 끝 내가 고른 건 한식집이었다.

온전한 결단을 내린 상태는 아니었다. 용기는 냈지만, 행동은 미루고 있었다. 고기 없이 살 수 있을까에 대한 자문자답부터, 그럼 삼겹살에 소주 한 잔은 어떻게 처리할 것이며, 주변 질문에 대한 모범답안 구성까지. 그래서 할 수 있을까를 고민 중이었다. 그러니까 고민에 머물러 있던 날이었다. 간잡이가 되어 간 보고 또 간 보고 있기만 했으니. 고기 먹는다고 큰일 날 것도 없었다. 어쩐지 먹을 수 없을 것 같은 감정 하나만 분명했다.

그도 양식보다 한식을 선호한다고 했다. 배려일지 모르겠으나 그것 잘 되었다는 마음으로 허름해 보이는 한식집 안을 들어갔다. 허름함과 맛과 가격은 비례하지 않음을 보여주는 대표 식당이었다. 구들방 한구석 방석을 깔고 앉아 메뉴를 살폈다. 우리는 조기 정식과 명태 정식을 각각 하나씩 시켰다. 한식집이라지만 생선 종류별로 정식을 파는 가게였기에 생선이 낄 수밖에 없었다. 조잘대다 보니 밥과 콩나물국, 김치, 묵, 갖가지 나물이 구워진 생선과 함께 차려졌다. 소박한 한 차림이었다. 그 소박함이 나를 미안하게도 했다. 1시간을 달려 와준 그에게 보기만 해도 배부를 변변한 식사 대접조차 제대로 하지 못하는 것 같아서. 대신 음식이 입에 맞으실지 모르겠다고 했다. 내가 신경 쓰고 있다는 걸 알았는지 그는 맛있어 보인다며 많이 먹으라고, 본인이 주문한 조기도 먹어 보라고 했다. 잘 먹겠다는 인사를 시작으로 밥 한 숟가락을 떴다.

배가 고팠던지 꿀맛이었다. 상 위에 놓인 뜨끈한 쌀밥도, 뭘 넣고 조물조물했는지 몰라도 맛만 좋던 나물도, 군데군데 간장 뿌려진 묵도, 배추김치도, 콩나물국도. 곱게 구워내 빨간 양념에 발려진 명태도 맛있었다. 밥도둑이 되기에 간장게장 못지 않았다. 전처럼 시원하게 먹을 수 없을 뿐이었다.

"은경 씨, 생선 별로예요? 맛없어요?"

그가 물었다. 줄어드는 찬의 양만큼 줄지 않는 명태였다. 아니에요, 맛있어요, 라고 해야 했다. 진짜 그랬으니까. 다만 말하지 못한 건 '어쩐지 손이 잘 안 가네요'. 먹을 때만큼은 맹수 같아진다. 직장생활 십 년 하는 동안 보통 남자 직원들과 밥을 먹다 보니 먹는 속도는 빠르고 가열차다. 전투 식사 버금가는 생존식사. 내가 반을 먹었을 때 이미 한 그릇 뚝딱한 후, 팔짱 끼고 나를 쳐다보던 상사 덕이었다. 가끔 먹는 내가 용맹해 보이기도 한다. 보통 그런데, 아. 이번엔 열과 성을 다 해 먹을 수 없었다. 명태의 절반을 남겨야 했다.

왜 이렇게 못 먹냐며 그는 나를 염려했다. 나는 명태만 남겼을 뿐 채소 반찬을 리필해 가며 밥 한 공기를 다 먹어 치웠는데. 어디 아픈 건 아닌지, 다른 거 먹을 걸 그랬다며 그는 후회하기도 했다. 그런 게 아니라 그저 먹고 싶은 의욕이 생기지 않아 그런 거였는데. 아무 말도 하지 못했다.

커피는 아메리카노로 시켰다. 어렵지 않았다. 매번 마시는 게 아메리카노였으니까. 따뜻한 아메리카노 한 잔과 그가 주문한 카페라테 한 잔을 두고 점심시간 끝날 때까지 수다를 이어갔다. 단 1분도 낭비 없이 떠들다 그를 보냈다.

사무실로 돌아와 자리에 앉았다. 여느 때와 다름없이 메일 확인을 하고, 필요한 메일엔 답장했다. 뉴스를 살피고 자주 메신저를 했다. 부장이 시키는 일을 하고, 몰래 글도 썼다. 왠지 못 먹겠을 그 감정 하나를 가진 채. 가슴에 덩그런 무언가가 존재함을 느낀다. 불편하다. 거참. 뭘 하면 편해질 수 있을까 생각해 본다. 내가 먹어 반 토막만 남아버린 명태가 떠올랐다.

2장: 방황

그래도 할 수 있을까

몇 장에 걸쳐 장황하게 썼지만, 사실 이 모든 게 단 2일에 일어난 일이다. 알게 되어 충격이었다. 나쁜 사람과 나쁜 고기에 화가 났고, 배신을 느꼈다. 그런데도 고기 없이 사는 두려움, 아쉬움, 조금 다르게 살아 느낄 타인의 따가운 시선이 있었다. 2일간 간을 봤다. 책을 읽으며 나를 가늠해 본 것이다. 할 수 있을까, 포기하지 않을까, 진짜 몸에 이로울까, 나는 어떤 변화를 할까, 고기 없이 살 수 있을까, 식사 약속은, 내가 좋아하는 퇴근 후 삼겹살에 소주 한 잔은, 그러니까 어떻게 할까! 물불 가리지 않고 뛰어들기엔 물의 차가운 성질과 불의 뜨거운 성질을 너무나 잘 알아버린 나라서 말이다.

삼겹살에 소주는 버리는 대신, 찐 옥수수에 맥주 먹겠다 다짐해야 했다. 시선은 어떻게 극복할까를 고민에 부쳐 보기도 하며 스스로 묻고 답하는 시간도 가졌다. 그사이 식사 제안이 있었고, 반 토막이나 생선을 남기기도 했다. 불편한 감정이 내 안에 자리 잡고 있었었다. 그와의 식사 자리에서 남은 명태는 '반이나 남긴 게 아니라 반이나 먹었네!'라는 인식. 널뛰는 생각에 다채로운 2일을 보내며, 2일을 더 넘겨선 안 될 것 같다는 생각이 들었다. 짧은 기간일지 모르지만, 더 고민했다간 용기가 희석 돼 버릴 거 같았다. 딱 이만하면 되었다.

그래서 고기 없이 살기로 했다. 생선도, 계란도, 우유도, 유제품도. 동물성 식품을 전면 배제한 삶. 두 번째 비밍아웃은 가족 톡방이었는데 뭐, 예상하던 답을 들었다.

"어머, 얘 좀 봐. 고기도 먹고 살아야 하는 거야. 다 몸에 필요한 거야."

"딸. 조금씩은 먹어. 먹어야 힘이 나지."

"너 안 먹는다고 신랑까지 안 먹이지 마라. 다른 사람한테 강요는 하지 말고."

"회식 같은 건 어떻게 한다니?"

나의 엄마는 오직 하나라 모두 한 명의 엄마에게서 들은 이야기 맞다. 엄마는 고기 끊겠다는 딸을 염려했다. 사랑해서 한 염려였음을 안다. 엄마가 50년 넘게 철석같이 믿어 온 건강론과는 정반대로 살려는 내가, 통념에 반하여 살려는 딸이 오죽 걱정되었을까. 예상은 했지만 1분 틈으로 연달아 오는 카톡에 잠시 폭동이 인듯했다. 걱정을 지나치지 못하겠던 모양이었다. 장문의 메시지를 보내야 했다. 동물성 식품을 끊어야 몸에 정화가 일어나는 거고, 아프지 않을 수 있다고. 음식만 잘 먹어도 병원에 가거나 병원에서 지어준 약이나, 부족하다며 권하는 영양제 굳이 사 먹을 필요가 없다고. 먹여지기 위해 키워지고 죽는 동물이 불쌍하다고. 지구환경은 어떻고. 인간이 놓은

덫에 갇혀 진실을 볼 수 없다가 저 깊은 곳 깔려 있던 진실을 이제야 알게 되었다고. 엄마도 채식 위주의 식사를 했으면 한다고. 단박에 동물성 식품 끊기가 쉽지 않은 걸 아니, 다만 채소와 과일, 현미밥, 나물 위주로 식사를 해달라고. 건강을 위해 부탁한다고 덧붙였다. 물론 '고기 끊으라는' 내 부탁은 처참히 거절당했다.

단톡방에 함께 상주하는 동생 반응은 이랬다.

"어윽. 뭐야. 이번엔 비건이야? 언니 안 먹는 건 좋은데, 언니 안 먹는다고 형부한테까지 강요하지 말고. 다른 사람한테도 강요하지 마. 알았지? 그런데 맞아. 동물들이 좀 불쌍하긴 해."

제 언니보다 형부와 타인과 동물을 더 생각했다.

그렇게 나의 이 갸륵한 결단은 시작되었다. "용기란 죽을 만큼 두려워도 일단 한 번 해보는 것이다."라는 존 웨인 말이 떠올랐다. 한국 버전으로 해석하면 '못 먹어도 고'랄까. 위로라면 그래도 죽을 만큼 두려운 건 아니니까. 것보다 훨씬 낮은 두려움으로 시작하게 만든 용기니까. 드디어 결심했다. 존 웨인 말처럼 일단 해보기로. 아예 시작조차 못 한 나보다야 낫지 않겠냐며 말이다.

동물성 식품 없이 살아보기로 했다.

3장: 결심

일단 해보는 거야

3장 : 결심

일단 해보기로 한 것이다. 그러니까 일단

아몰랑.

일단 하기로 했다. 안 먹고 살기. 고기, 생선, 계란, 우유, 유제품이 든 음식 먹지 않기. 동물성 식품을 '먹지 않는다'라는 게 '하는 게' 된다니. 결국 하다(do)라는 말처럼 주체적이면서 적극적으로 행동하겠다는 다짐이려니 했다.

가장 먼저 한 것은 냉장고 비우기였다. 자린고비계 상징이 되어버린 천장의 조기 사건. 천장에 조기 매달아 조기 한 번 보고, 밥 먹고, 한 번 보고, 밥 먹고, 닮지 않는 조기와 동거한다는 것은 내게 통하지 않는다. 보이면 언젠가 먹을 것이었다. 그것도 한 번에, 가시만 쏙 남기고. 앞에 두고도 먹지 않는 건 그만큼 자신 없는 일이었다. 그러니 냉장고에 남아있는 동물성 식품은 치명적일 수밖에 없었다. 다른 비건에게 누가 되는 일은 하고 싶지 않았다. 앞으로 자칭 비건이라고 하고 다닐 터였다. 어쩌다 그 대열에 끼게 되어놓고, 냉장고에 각종 동물성 식품을 품은 비건이 될 순 없었다. 이럴 땐 메타인지가 효과를 발휘한다. 내가 아는 나는 언젠가 먹을 게 분명했다.

하여간 냉장고부터 비우는 것으로 의식은 시작되었다. 고작 300L밖에 되지 않는 자취형 냉장고엔 넘치도록 많은 동물성 식품이 있었다. 스팸이며 참치, 계란, 마요네즈, 크림치즈, 체더 치즈, 파르메산 치즈, 돈가스, 고기만두, 닭 가슴살, 햄, 베이컨 그리고 동물성 식품인지 아닌지 가늠할 수 없는 가공식품들까지. 의식하고 보니 보이는 수두룩한 오류들. 창고에 있던 큰 쇼핑백 하나 들고 와 차례차례 덜어내기로 했다. 가장 먼저 통조림 햄을 집어 들었다.

하나씩 덜고 나니 냉장고가 텅 비었다. 반면 쇼핑백은 한가득 찼다. '새삼'이라는 단어가 있다. 이전의 느낌이나 감정이 다시금 새롭게 느닷없게 보일 때 사용한다. 그리고 새삼, 냉장고를 메우던 동물성 식품을 덜어내 보며 그간 얼마나 많이 먹고 살았는지 체감하게 됐다. 우리 일상에 동물성 식품이 차지하는 비율이 높을 줄로는 예상했지만 거의 전부일 줄은 몰랐다.

거침없이 퍽퍽 덜어낸 것 같지만 고백하자면 망설여질 때가 있었다. 비건과 비(非)비건 사이를 떠돌 무렵, 그 맘쯤 내가 가장 좋아하던 요리가 있었다. 자이언트 올훈버거라고, 우리 남편이 만든 버거. 토스터에 살짝 구워낸 식빵 두 장 사이에 체더치즈 2장, 구워낸 양파, 샌드위치용 햄 2장, 노른자를 익히지 않은 계란프라이로 화룡점정을 찍어버린 그 버거. 조리가 간단하면서도 진한 풍미가 있어 1일 1버거를 할 때도 있었더랬다. 자이언트 올훈 버거를 위해 사두었던 냉장고 안 체더 치즈

와 샌드위치 햄을 덜어내면서는 크게 고민했던 기억이 난다. '한 번만 먹을까, 이것까지만 딱 먹을까? 마지막 의식은 미처 치르지 못했잖아.' 하고. 본디 이 책은 완성된 비건의 모습이기보다 좌충우돌 비건 탄생까지 고난과 역경에 대해 그대로 그려내고자 했으므로, 결국 당신도 할 수 있다는 것을 알리는 것에 있으므로 솔직히 말하면. 그래서 먹었다. 체더 치즈 4장, 샌드위치 햄 4개, 계란 2개를 따로 빼 두었다. 숭고한 마지막 의식을 위해서였다. 동물성 식품을 떠나보내는 마지막 순간. 우리는 자이언트 올훈 버거 2개를 만들어 각자 하나씩 야무지게 먹었다(맛있었다).

그렇게 쇼핑백과 우리 배에 덜어내며, 냉장고는 비워졌다. 채소와 과일 섭취를 등한시하며 살아온 날이 여실히 드러나는 순간이었다. 이런 공백감은 이사 온 첫날 뒤로 보지 못했다. 냉장고 뒤편에 있던 조명이 여과 없이 내 눈에 비추어졌다. 당장 먹을 수 있는 거라곤 엄마가 보내준 김치(이 김치도 먹어선 안 되었다는 걸 나중에 알았다. 일반적으로 김치에는 젓갈이나 해산물이 들어가는데, 비건은 생선류를 포함하는 동물성 식품이 배제된 식사를 하므로 이 같은 김치는 먹지 않기 때문이다. 별도로 비건을 위한 김치를 판매하는 곳도 있다.), 냉동 밥, 김, 케첩, 맥주, 소주, 가래떡, 다진 마늘, 고추장, 고추랑 파였던 거 같다. 그 흔한 콩나물 반찬조차 없었다. 그간 동물성 식품, 가공식품에 얼마나 의존해 왔는지 알 수 있었다.

먹어야겠기에 마트에 갔다. 무작정 갔다. 가면 우리 같은 사람을 위한 재료 뭐라도 살 수 있을 줄 알았다. 하여튼 뭐라도 떠오를 줄 알았다. 다만 마트는 내가 비건이기를 결심하기 전이나 후나 다르지 않았다. 채소와 과일을 팔았고, 다양한 종류의 햄도 있었고, 정육 코너도 그대로였고, 유제품 코너엔 우유와 치즈도 즐비했다. 다만 가려 사야 하는 우리만 달라졌을 뿐이었다. 마트 한 바퀴를 쭉 돌았던 것 같다. 평소라면 가장 오랜 시간을 머물렀을 냉동식품 칸이랄지, 유제품 칸, 정육 코너는 재빨리 통과했다. 목적이 그곳에 있지 않았다. 대신 전과 달리 채소와 과일 칸에 오래 머물렀다. 부끄럽지만 마트에 가서 직접 채소를 구매해 본 기억이 잘 없다. 요리랑 담을 쌓고 살았기 때문이기도 하지만 주로 가공식품을 먹고 살아서다. 이미 조리돼 전자레인지에 1분 30초만 돌리면 되는 레토르트 제품은 몹시 많고 매우 맛있었다. 고기로 만들어진 제품이 다수였다. 건강(의 근원은 어디서 온 건지 모르지만)하게 먹자고 다짐하는 날이면 닭 가슴살이나 계란, 요구르트 같은 간편식으로 한 끼 대체할 때도 많았다. 내 삶은 어쩌나 동물성 식품으로 가득했던지.

그렇게 마트 두어 바퀴를 돌았다. 우리를 위해 준비된 음식은 찾을 수 없었고, 내린 결론이라면 필요한 재료를 사서 우리가 선택한 조리 방법으로 음식을 만들어 내야 한다는 것이었다. 길을 잃었다. 무작정 왔고, 비건이 먹는 음식에 대해선 전혀 알지 못했기에 더욱. 한참을 두리번거리다 낯익은 채소 몇 개를 집었다.

기껏 산 거라곤 상추, 깻잎, 두부, 바나나, 사과였다. 유일하게 할 줄 아는 채식으로 밥에 고추장 발라 쌈 싸 먹기, 두부에 김치 먹기였으니까. 바나나랑 사과는 그저 과일도 좀 먹어야 할 것 같아 데리고 온 것이다. 채식 다짐의 기백은 넘쳤으나 막상 먹을 게 없었다. 조금 막막해졌다. 언제고 상추, 깻잎, 두부, 바나나, 사과만 먹을 수 없으니 말이다. 마트에 나와 집에 가는 길, 생각으로 복잡해졌다.

3장: 결심

식단의 70%부터

냉장고도 비워보고 마트에 가 채소와 과일만 사 왔다지만, 사실 결심은 완전히 끊어내는 것으로 시작하지 않았다. 그만큼 매정한 인간은 못 되었다. 대신 약간의 허용치를 주기로 했다. 급진적 변화에 따른 충격을 완화하고, 심신의 안정을 취하기 위해 낸 아이디어는 70:30이었다.

식단의 70%는 채소, 과일, 통곡물이나 감자, 옥수수, 고구마 따위로 채우되 나머지 30%는 자유로울 것. 혹은 하루 먹는 것의 70%는 의지대로 채우되 기타 30%는 허용치로 둘 것. 조금

날라리 같은 음식을 먹어도 봐줄 것이었다. 한결 편하게 시작할 수 있었다. 살 뺀답시고 당장 떡볶이, 치킨, 튀김을 먹을 수 없다고 생각하면 오히려 떡볶이가 치킨이 튀김이 먹고 싶어졌다. 식에 대한 본능을 거스르는 억압에 거부감이 들었다. 다스림은 언제나 억압에서 올 수 없다. 부드럽게, 스무스하게. 몸이 적응하며 채식의 기쁨을 알 수 있도록 시간을 주기로 했다.

나와 비슷한 이유 혹은 동물에 대한 연민이 시발 되어 시작한 비건 선배도 처음엔 허용을 두는 경우가 많았다. 이해를 위해 우선 다양한 종류의 채식주의자에 대해 알아볼 필요가 있다. 먼저 육식을 피하고 식물을 재료로 만든 음식을 먹는 사람을 아울러 채식주의자라고 한다. 다만 먹는 음식에 따라 세분화하여 다양하게 나뉘는데, 다음과 같다.

프루테리언(fruitarian)

극단적 채식주의자로, 채식 중에서도 과일과 견과류만 허용한다. 이들은 식물의 뿌리와 잎은 먹지 않고 그 열매인 과일과 곡식만 섭취한다.

비건(vegan)

완전 채식주의자로, 육식을 모두 거부한다. 즉, 육류와 생선은 물론 우유와 동물의 알, 꿀 등 동물에게서 얻은 식품을 일절 거부하고, 식물성 식품만 먹는다.

락토 베지테리언(lacto-vegetarian)

육류와 어패류, 동물의 알(달걀 등)은 먹지 않고 우유, 유제품, 꿀은 먹는 채식주의자를 말한다.

오보 베지테리언(ovo-vegetarian)

육류·생선·해물·우유·유제품은 먹지 않지만, 달걀은 먹는 채식주의자를 말한다.

락토오보 베지테리언(lacto-ovo-vegetarian)

채식하면서 달걀이나 우유, 꿀처럼 동물에게서 나오는 음식은 먹는 채식주의자를 말한다.

페스코 베지테리언(pesco-vegetarian)

채식하면서 유제품, 가금류의 알, 어류는 먹는 채식주의자를 말한다.

폴로 베지테리언(pollo-vegetarian)

채식하면서 우유·달걀·생선·닭고기까지 먹는 채식주의자를 이른다.

플렉시테리언(flexitarian)

채식하지만 아주 가끔 육식을 겸하는 채식주의자를 이른다.

마지막으로 채식주의자에는 속하지 않지만 프리건(freegan)이라고도 있는데, 동물 유래 제품을 생산하는 데 금전적 동기를 부여하는 구매는 하지 않지만, 이미 생산되어 폐기 처분될 수밖에 없는 고기나 동물성 제품은 소비하는 사람을 말한다. 이

들은 대개 생태 보존을 우선순위에 두고 제로 웨이스트를 추구한다.

그 밖에도 허용의 범위를 다른 방식으로 두는 채식주의도 있다. '고기 안 먹는 월요일(Meatless Mondays)'이라고 고기 소비를 줄이기 위해 월요일만은 채식한다는 운동과 'VB6(Vegan Before 6)'라는 아침과 점심은 채식하고 저녁 식단에는 제약을 두지 않고 먹는 간헐적 채식이 그렇다.

알 수 있듯이 먹는 음식이 하나씩 줄어가거나 늘어간다. 바로 채식주의자의 허용은 범위의 문제인 셈이다. 그래서 어떤 선배는 처음엔 페스코 베지테리언으로 시작했다가 비건이 되었다고 했다. 한 번에 끊는 게 부담스러워 도전해 봄 직한 페스코로 채식에 발 디딘 것이었다. 그리고 우리는 허용범위를 음식 종류가 아닌 비건 식단 70:논비건 식당 30으로 나누어 가볍게 시작하기로 했다.

가까스로 동물성 식품이 배제된 음식이 떠올랐다. 된장찌개와 비빔밥. 나물 요리는 전혀 할 줄 몰랐고, 그나마 이 두 음식은 서툴게라도 할 수 있었다. 오늘은 된장찌개, 내일은 비빔밥을 만들면 되겠다며 기뻐했다. 이틀마다 번갈아 가며 된장찌개와 비빔밥을 먹으면 되겠다고, 매번 쌈밥을 먹을 필요는 없겠다고 생각했다. 가슴에 몽글몽글 자신감이 차올랐다. 급히 나가 된장과 애호박, 감자, 팽이버섯, 양파를 추가로 사 왔다. 된장은 찌개용 시판 소스였는데, 믿고 먹는 브랜드에서 나온 제품이 마침 있었다. 그때는 된장소스라면 된장만 들었을 거라는 순수함에 해당 제품을 사던 기억이 난다. 끓는 물에 소스를 넣고 얼기설기 썰어 둔 채소를 투하해 맛있는 한 솥을 끓여냈다. 제품 덕에 맛은 좋았다.

30%를 뭐로 채울까 고민했다. 허용치를 두었으니 먹을 수 있는 틈이 있었다. 그러나 곧 냉장고가 텅 비었다는 걸 알게 되었다. 계란 한 알을 남기지 않고 다 버렸으니까. 별수 없이 동물성 식품이 철저히 배제된 한 상을 차리게 되었다. 엄한 자부심

으로 남편에게 내가 끓인 된장찌개와 밥 한 공기를 내었다.

된장찌개 한 그릇과 밥 한 공기만으로 밥을 먹어 본 때가 언제였던가. 아련해졌다. 아마 미취학 어린이 시절, 인생에서 가장 식탐 없던 때 그때가 마지막 아니었을까 싶었다. 아주 오래된 기억이었다. 보리차 물에 밥 말아 젓가락에 꽂힌 총각무 한 조각이면 한 그릇 깔끔하게 비우던 나는 사라지고 없다. 탐욕이 생기고, 그 탐욕이 음식까지 번져 식탐이 된 후로 나는 된장찌개와 밥만 먹지 않았다. 찬이 있어야 했고, 찬에는 육식 따위가 빠져선 안 되었다. 하물며 계란이라도 있어야 했다. 어릴 땐 미역국만 있어도 되었고, 김에 싼 밥만 있어도 맛있게 먹기만 했다. 탐욕이란 없던 날에 그랬던 거 같다. 엄마가 해준 음식은 다 맛있게 먹었는데 어른이 된 나는 엄마의 차림에 만족하지 못했다. 그리고 몹시도 오랜만에 마주한 단출한 밥상. 불만족할 거 같았지만 그날 식사는 매우 흡족했다.

맛있는 한 끼였다. 다른 섞임 없이 오직 된장찌개의 구수함을 느끼며, 쌀밥의 고소함을 음미해가며 정갈한 한 끼를 보냈다. 남편도 만족했는지 잘 먹었다고 했다. 우리 아내 잘했다고도 칭찬해 주었다.

먹고 나서는 속이 참 편했다. 이런 가벼움도 참 오랜만이었다. 소화되기까지 눕지 못하고 앉아 있어야 하는 시간이 단축돼, 비교적 일찍 누울 수 있었다. 누워서도 편했고 쉽게 소화된 덕에 자기 전 살짝 출출해졌지만, 이 또한 좋았다. 오래도록 잊고 있던 감각이었다.

누워서 생각했다. 그냥 먹지 말아야겠다. 동물성 식품을 내 식단에서 제거해 버려야겠다. 그렇게 하루 지나지 않아 30%마저 끊어내 버리기로 했다. 된장찌개만으로도 한 끼 만족이었고, 몸과 기분은 날아갈 듯 가벼웠다. 좋아서 좋았다. 차라리 잘 되었다는 생각이 들었다. 비록 자극적인 맛의 쾌락을 포기했지만, 포기함으로 얻는 것들이 생긴다. 정말이지 오랜만에 잠에서 깨지 않고 푹 잔 날이었다.

3장: 결심

공표

만남은 먹거나 마시는 것으로 이루어지는 편이다. 만남을 위해 뭘 먹을지 고민하는 건 그런 이유에서다. 음식 취향을 묻고, 가리는 것은 없는지 고려하게 된다.

때문에 이번엔 진짜, 주위에 알려야 했다. 나는 사회적 동물이고, 사회 작용을 위해 그들을 만나야 하고, 만날 때마다 먹거나 마셔야 하기 때문이다. 뻔히 보이도록 만남은 동물과 이루어질 게 분명했다. 식당에 파는 음식은 대부분 육고기나 물고기 둘 중 하나로 이루어져 있다. 전부가 아니더라도 부분적으로 반드시 끼어있다. 채소 김밥에도 햄과 계란과 맛살이 있는 것처럼. 샐러드엔 닭가슴살이나 삶은 계란이 빠지지 않는 것처럼. 하물며 비건을 위한 음식, 그러니까 비빔밥이나 (고기나 조개가 들어가지 않은) 된장찌개를 위해 만나는 사람은 귀하도록 드물었다. "뭐 먹을래?"를 물어본 경력으로 알 수 있었다. 그들은 맛있는 고기 들어간 거 먹자고 했고, 과거의 나와 다르지 않은 대답이었다.

이제는 내가 나서서 말해야 했다.

"혹시 비빔밥 먹는 거 어때? 나 비건 되기로 했거든."

상상하던 그때가 온 것이다. 비밍아웃. 비건이기를 커밍아웃하고 나면 반드시 따라오는 질문이 있었다.

"갑자기 왜?"

애들한테도 나는 '새삼'이었을 것이다. 예상했던 바다. 좀 놀라운 일로 느꼈던 것 같다. 고기, 생선, 계란, 우유, 유제품을 끊고 산다는 게, 그럴 수 있다는 게 그런 모양이었다. 갑자기라는 말도 이해할 수 있었다. 불과 지난 달만해도 양꼬치랑 꿔바로우 먹으러 가자고, 샤부샤부 먹자고, 요즘 고기 당긴다며 나서서 메뉴 정하던 나였으니까. 궁금할 만도 했다. 다수에 속해 있어 대부분이기를 거부하는 삶에는 궁금이 따르기 마련이다. 왜 소수가 되기로 한 건지 말이다. 그리고 비건은 아직 소수다. 미리 마련해 둔 답을 질문 유형에 따라 풀어나갔다.

우선 건강 때문이라고 했다. 그럼 어디 아프냐는 걱정이 돌아왔는데, 그런 게 아니라 동물성 식품이 우리를 병들고 아프게 한다는 걸 설명해줘야 했다. 공감하는 이 있는가 하면, 그래 너 많이 건강해라 하는 이도 있었다. 아무래도 동물성 식품 먹어서 당장에 오는 탈은 없었고, 실은 그게 더 무섭다는 사실. 서서히 우리 몸은 악화해 가고 있다는 사실에 귀 기울이지 않았다.

다음은 동물에 대한 연민이라고 했다. 돈을 위해 인간이 돼지나 소, 닭 같은 동물에게 하는 짓을 알고는 화가 났다고 했다. 인간에게 일방적으로 당하는 모습이 측은하게 느껴졌다고도 했다. 고기라는 덩어리 진 정물만 보고는 상상할 수 없던 실태를 책에서 보았고, 돼지나 소, 닭 같은 동물도 고통을 느끼는 존재라는 걸 알게 되었다고 했다. 이 부분에선 공감하지 못하는 이들이 더 많았다. 감이 오지 않는 모양이었다.

마지막으로 기후변화에 대한 우려, 지구환경을 위한 배려라고 했다. 대량 축산을 축소함으로써 환경 보호에 기여하는 일이 넘치도록 많다는 걸 이야기해 주었다. 가장 큰 동의를 받았던 대목이었다. 그제야 네 말이 맞는다고 한 애도 있었다. 한숨 섞인 대답은 우리가 바이러스로 얼마나 많은 고통 속에 지냈는지를 알 수 있게 했다.

그래서 나라도 먹지 않으면 되지 않을까 생각했다고 했다. 사실 진실을 알고 나면 역해져 먹을 수 없어졌다는 게 맞고, 지금에서야 '나라도'라는 마음으로 번지게 된 것이라고도 했다. 고기를 끊어야 한다는 두려움을 이기고, 용기 내 결단까지 이르게 되었다 했다. 오늘의 비빔밥은 나부터 시작하는 작은 운동이라고 했다.

세 이유가 만나니 동의 얻기란 어렵지 않았다. 유별이라고 보던 그이도 기후변화를 우려한 나의 처사라는 말에 입을 다물었다. 아는 것과 실천을 별개의 문제로 둔 자였다. 비건 소수인 나를 인정하게 되었다. 한편 나는 왜 이렇게 소수가 하는 일에 포함된 게 많은지 모른다. 책을 읽는 것도 그렇다. 문득 읽지 않는 대한민국이라는 안타까움이 인다.

3장: 결심

다독

읽어야 했다. 더 많이 알기 위해 읽어야 했고, 오류 수정을 위해서라도 읽어야 했다. 꼭 그래야 했다. 비건이 되었음을 고백하고 난 뒤 질문이 많아지기도 했으니까. 내가 식재료 살 때마다 내게 하는 질문이었고, 가끔 주변에서 받는 궁금함 때문이었다.

역시나 시작은 《어느 채식의사의 고백》이었다. 양서로 워낙 유명한 책이나 나만 뒷북이었는지 2021년에야 만나게 되었다. 저자 존 맥두걸 박사는 의사로, 자기가 가짜 의사였음을 고백함으로부터 책은 시작된다. 한때는 병의 원인이 의사 입에서 나오는 복잡하고 현학적인 질병이라고 여겼는데, 사실 매일 먹는 영양 과다한 식탁 때문이었다고 말이다. 원인은 인간에게 적합하지 않은 식품-고기, 생선, 계란, 우유, 유제품, 그러니까 동물성 식품-의 섭취 때문이라는 걸 알게 되었다고 했다. 이것이 우리를 아프게 하지만 인간에게 적합한 식품-과일, 채소, 감자나 옥수수, 고구마, 통곡물, 녹말 음식-을 먹으면 된다고 했다. 우리를 살리는 식품만 잘 먹어도 질병과 멀어질 수 있다고 했다.

다음으로 읽은 책은 콜린 캠벨과 토마스 캠벨의 《무엇을 먹을 것인가》였다. 콜린 캠벨은 미국 코넬대 명예교수로, 40년 이상 영양학과 건강 분야에서 식이요법과 암 연구에 관해 헌신적으로 활동 한 사람이다. 기본적으로 존 맥두걸 박사와 맥을 같이 한다. 상업자본주의로 인해 잘못 알려진 건강 정보(동물성 식품 예찬)가 우리를 아프게 했음을 중국에서 얻은 교훈을 통해 밝힌다. 마찬가지로 무가공 식물성 식품 먹기를 강력히 권한다.

특히 건강을 위해 동물성 식품을 배제할 것을 권유하는 책 중 상위급이라면 《지방이 범인》과 《다이어트 불변의 법칙》이다. 《지방이 범인》의 저자 콜드웰 에셀스틴은 의학박사로 앞의 두 박사처럼 동물성 식품의 해악에 대해 언성을 높이지만, 한 가지 더 먹지 말라고 한다. 식물성 기름까지 말이다. 지방이 범인이라고 외치는 것처럼, 어떤 기름도 우리 몸에 좋지 않다고 한다. 기름은 지방에 불과하며, 그 이상도 이하도 아니라고도 한다. 그리고 책 제목처럼 지방은 병의 원인이 된다. 아보카도나 견과류에도 지방이 많으니 삼갈 것을 주장한다. 《다이어트 불변의 법칙》 저자인 하비 다이아몬드는 채식과 과일식의 이로움에 대해 말하며, 이를 위주로 섭취할 것을 주장한다. 기름 없이 살기보다 쉽지 않았다. 나한텐 통곡물이나 감자, 옥수수, 고구마 같은 탄수화물 없이 채소와 과일을 주로 먹는 게 좀 혹독한 일이라서 말이지.

그다음은 《존 로빈스의 음식혁명》. 저자인 존 로빈스는 환경운동가이다. 인간과 동물과 지구를 살리는 데 일조하며 산다.

읽다 보면 알 수 있다. 좀 많이 멋진 사람이다. 가장 놀랐던 건 우리가 아는 유명 아이스크림 가게의 그 로빈스가 이 로빈스였다는 사실이었다. 아버지가 배스킨라빈스 사장이었다. 유명 아이스크림 가게 배스킨라(로)빈스가 그의 것이 될 수 있었다. 허나 유제품(아이스크림)에 대한 가치관이 아버지와 같을 수 없던 그는 상속을 포기했다. 가업을 물려받길 바란 아버지를 뒤로하고 그가 남긴 말이 있어, 너무 아름다워 나도 여기 꼭 남겨 보고 싶어졌다.

"내 희망대로 내 가치관에 따라 다른 사람의 행복에 기여하는 법을 배우는 길로 접어들기로 한 것이다. 그것은 완전무결한 선택이었다."

"나는 인간과 지구 공동체의 건강이 기업의 이익 창출보다 중요하다고 믿는다. 그렇기 때문에 인간의 기본적인 욕구가 기업의 탐욕보다 우선하는 세상을 이루기 위한 투쟁에 반드시 필요한 확실하고 근거 있는 정보를 제공하고자 이 책을 집필했다."

존 로빈스, 《존 로빈스의 음식혁명》, 안의정 역, 시공사, (개정판) 2011. 07. 22

제레미 리프킨의 《육식의 종말》은 진심 처참했다. 동물이 겪는 고통과 그런데도 대량 생산되는 축산 현장 때문에 엉망이 되어가는 환경을 낱낱이 보여주었다. 충격요법으로 가치가 있는 책이었다. 다만 책이 두껍고, 글이 어렵다.

강하나·심채윤 작가의 《요리를 멈추다》는 나도 꼭 자연식물식에 성공하고 싶다는 욕심을 끌어내 주었다. 조리 없이 가능한 자연에서 얻은 그대로 먹고 사는 이 부부는 싱그러운 삶의 표본이 되었다. 아이들은 건강하고, 가족의 삶은 단순하여 얼마나 경쾌해 보이는지 모른다. 우리 부부의 좋은 본보기가 되기에 충분했다.

김한민 작가의 《아무튼, 비건》도 상당히 유익한 책이다. 제목을 다시 짓는다면 All about vegan이라고 하고 싶을 정도로 많은 궁금증을 해소해 준다. 비건에 꼬투리 잡는 꼬투리 족을 위해 일일이 대꾸해 주었고, 다양한 다큐멘터리까지 소개해 주고 있다. 읽어봄 직하다. 그 밖에도 읽은 책은 다양하다.

이 책을 준비하며 어쩌다 요리책도 들여다보았다. 요리는 보통 남편이 하고, 남편은 터키 비건 요리 전문 사이트에서 레시

피를 따오는 탓에 굳이 찾아볼 필요는 없었는데 말이다. 결론은 보기를 잘했다. 우리가 외식에 목마르기 시작한 시점, 비건 식당 찾기가 어려웠는데 책에 몇 검증받은 식당이 추천되어 있었다. 비건을 위한 사이트도 안내해 주었다. 식재료 구매랄지, 레시피 제공 사이트도 있었고 여러모로 도움이 되었다. 책은 가려 읽는 게 아니구나, 하는 인사이트까지.

만화도 있다. 보선 작가의《나의 비거니즘 만화》. 작가가 비건으로 살아가며 만났던 일화들을 깜찍한 그림과 문체로 그려냈다. 비건으로 살면 이런 일들을 겪을 수 있구나, 하는 간접경험과 웹툰이라는 재미를 만날 수 있다. 무엇보다 귀엽다.

그 밖에 '채식'에 관한 도서는 수도 없이 많다. 건강과 동물과 지구환경에 대한 우리의 관심이 높아질수록 더 많은 책이 출간될 거라고도 믿는다. 도서마다 초점 맞춘 부분이 다르니, 치우치지 않고 고루 읽어보는 것도 좋겠다. 특히 건강을 위해 시작한 채식일수록 비건 식단(동물성 식품을 '배제'함)만으론 충분치 않다는 걸 느꼈으면 한다.

식재료의 진화

상추와 깻잎, 두부, 바나나, 사과만 사 오던 날이 지나 식재료도 점차 진화해갔다. 식단에 구색을 갖추기 시작한 것이다.

몰라서 그렇지, 생각보다 동물성 식품 없이 먹을 수 있는 다양한 음식이 존재했다. 맹탕 비빔밥, 된장찌개, 쌈밥, 두부김치가 전부인 줄 알았는데 여기는 신세계. 비건 선배가 이미 닦아놓은 길이 있었고, 우리는 따라가면 그뿐이었다. 보통 요리는 남편이 도맡아 한다. 그러니까 "우리 아내가 한 요리는 (맛이)별로."라는 이유로 남편이 주도하는 편이다. 덕분에 터키식 비건을 즐겨 먹는다. 지중해 요리답게 토마토를 베이스로 한 음식이 많고, 때문에 토마토는 항시 비축 대상에 해당한다. 워낙 자주 먹는 재료다 보니 한 상자씩 사서 쟁여두고 먹을 정도다.

토마토로 한 대표 요리로는 '메네멘'이 있다. 조리도 간단해 자주 먹게 된다. 잘게 자른 양파를 볶다가 껍질 벗겨 잘게 썬 토마토를 넣고, 기호에 따라 고추, 두부, 소금과 각종 허브로 간을 하면 끝. 한국에서도 지중해를 맛볼 수 있다.

그런가 하면 생 토마토스파게티도 자주 해 먹는다. 소스에 들어가는 건 토마토, 양파, 마늘, 약간의 당근, 그리고 소금과 허브 정도이다. 직접 만들어야 하는 번거로움이 있지만, 토마토 고유의 생생한 맛을 느낄 수 있어 오감 만족이다. 고기나 치즈가 없어 맛있을 수 있는 생 토마토스파게티다.

한편 병아리콩을 이용한 카레도 만들어 먹는다. 여기에도 토마토 살짝 넣고 끓이면 고기 없어도 아주 맛있기만 하다. 거기에 약간의 코코넛 밀크를 넣으면 인도 카레 부럽지 않다.

배달을 시키는 등의 우발사태를 방지하기 위해 항시 찐 옥수수나 군밤, 고구마 같은 군것질거리를 챙겨 둔다. 수시로 챙겨 먹기 위해서다. 배고프면 망하는 거라는 격언이 있다. 배고픔은 우리의 이성을 상실케 해 현재 내가 취할 수 있는 가장 맛있는 음식을 찾게 한다. 퇴근길 배달 앱을 보며 뭘 먹을지 고민하는 시간은 굶주림의 결과다. 허기진 배를 느끼면 옥수수 같은 종류로 입 처방을 한다. 배부르니 배달 음식 생각이 준다.

주말이면 예외 없이 시장에 들러야 한다. 채소나 과일은 오래 두고 먹을 수 없기 때문이다. 토요일 아침이면 커다란 배낭을 메 시장으로 마실을 간다. 이제는 어느 가게 채소가 싱싱한지, 저렴한지 알 수 있다. 스쳐 갈 곳은 스치고, 정착할 곳에 머문다. 채소가게에 들러서 가지 한 바구니, 당근 한 봉지, 시금치 한 단, 감자 한 바구니, 오이 2개, 양송이버섯 한 봉지, 양파 한 망을 산다. 눈대중으로 휘이 한 번 둘러보고 더 필요한 것이 없는지 생각한다. 생물이라 오래 두고 먹을 수 없으니, 이만하면 됐다는 신호를 남편과 주고받는다. 그제야 과일가게에 들러 바나나와 감 한 바구니를 들고 온다. 귤 빼먹은 걸 후회한다.

땅콩도 사고 나물 반찬도 좀 사니, 이것저것 합쳐서 총 오만 원 정도 낸 것 같다. 외식 한 번이면 날아가는 돈인데 우리는 일주일을 먹는다. 남편이 메고 온 배낭 가득 채소가 담겨 있다. 들고 온 장바구니는 과일로 꽤 무겁다. 이만하면 일주일은 끄떡없을 것 같다. 아침 장보고 나면 배가 고파 있다. 집에 가서 토요일 아점으로 월남쌈을 해 먹기로 했다. 어제 해둔 후무스랑 먹을 생각을 하니 입에 군침이 돈다.

조금씩 바뀌어 간다. 식단도 입맛도. 미각의 자극은 있지만, 과식 후면 영 불편한 동물성 식품 대신, 가득 먹어도 싱그러움만 남는 채소와 과일식이 좋다.

3장: 결심

배제하다 vs 채우다

비건이라 하면 먹지 않는 것이다. 동물성 식품은 먹지 않는 것이다. 동물을 착취해서 생산되는 모든 제품과 서비스를 거부해야 한다는 신념을 바탕으로, 동물권을 옹호하며 종 차별에 반대하는 사상과 철학인 비거니즘을 주장하는 자는 먹는 것 이외 동물에서 얻은 제품, 동물이 착취된 상품도 사용하지 않는다. 삶에서 배제하는 것이다. (나는 건강을 최우선에 두고 시작하다가 동물과 지구환경에 관심이 번지게 된 것이므로, 오직 먹는 것에만 이야기하자면) 쉽게 말해 존 맥두걸식 분류에 따라 고기, 생선, 계란, 우유, 유제품을 먹지 않는 것이다. 한편 그 말은 이것만 식단에 제외하면 나머지는 먹어도 된다는 의미기도 하다.

비건이 되기로 결심한 사람의 대부분은 동물에 대한 연민이 이유라 했다. 비건이 동물권 운동으로 여겨지는 것도 그 일련일 테다. 그래서일까 배제하는 것만으로 만족하는 모습도 보인다. 콩으로 만든 고기를 먹고, '비건'이라는 수식어를 달고 있는 라면이나 기타 가공식품을 먹는다. 걱정하는 이유는 건강에 관하여다.

실제로 가공식품을 주로 먹는 정크 비건은 건강과 멀다고 할 수 있다. 이것이 채식에 대한 오해로, 식단에 동물성 식품만 배제하면 건강해질 것이라는 그릇된 인식의 시초다. 단적인 예로 치킨을 좋아하는 사람이 콩고기로 만든 대용식을 먹고 만족감을 느낄 수 있지만, 그건 콩을 튀기든 닭을 튀기든 똑같이 건강에 좋지 않다. 어디까지나 가공이 개입되었기 때문이다.

모 다큐멘터리에서 실례를 보기도 했다. 고양이를 키우던 남성이었는데 어느 날 반려묘를 보며 동물성 식품을 먹지 말아야겠다는 생각이 들었다고 했다. 그렇게 비건이 되었고 후로 비건 라면을 주식으로 삼는다고 했다. 참고로 이야기하자면 비건 라면엔 동물성 식품이 첨가되지 않는다는 것 빼고 일반 라면과 다를 바 없다. 인스턴트식품인 것이다. 그러니까 그는 비건용 인스턴트식품을 줄곧 먹어 온 셈이다. 비건이긴 하지만 건강과는 거리가 먼 식사였다. 그리고 역시나. 다큐멘터리에서 그는 정크 비건과 건강의 상관관계에 관한 실험을 위해 검진을 받으러 갔는데, 결과 일반식 하는 논비건과 다를 바 없는 신체라는 의사 소견이었다. 오히려 개선해야 할 부분도 있었다. 남자는 검진 후 일주일간 자연식물식으로 식생활을 전부 바꾸었다. 비건 라면은 끊고 생채소와 현미밥, 두부 위주로 섭취하며 보냈다. 그리고 놀라운 변화를 보였다. 다음 검진 결과 수치가 모두 정상을 가리킨 것이다. 본인도 놀라워했다. 무엇을 먹는지가 이 정도로 중요한 줄 몰랐다며, 동물성 식품 배제에 그치는 것이 아니라 건강을 위한 올바른 섭취를 지속해 나가야겠다고 했다. 비건은 무조건 건강할 것이라는 오해의 전형적인 예였다.

무가공 식품, 자연식물식, 마크로비오틱(macrobiotic, 식품을 있는 그대로 섭취하는 것)이라는 새 용어가 튀어나오는 건 그 때문이다. 나는 이러한 섭식을 (오직 섭식만 놓고 보았을 때) 비건의 상위단계라 본다. 이들은 배제하는 것에 멈추지 않고 가려 먹는다. 먹을 수 있는 음식을 골라 그것으로 한 끼를 채운다. 불가피한 날엔 비건 이름을 달고 태어난 가공식품을 먹겠지만, 가능한 한 피한다. 흰쌀 대신 잡곡을 먹고, 채소나 과일 본연의 맛을 즐긴다. 채소를 먹을 때도 가능한 튀기거나 기름에 볶아가며 먹지 않는다. 있는 그대로 자연의 맛을 사랑하고, 대신 충분히 배불리 먹고, 몸의 정화를 꾀한다. 내가 추구하는 궁극이기도 하다. 쉽지 않다는 게 함정이지만. 자연을 있는 그대로 받아들이는 게 가장 자연스러운 일이다.

실제 푸르거나 붉은, 알록달록 선명한 색의 채소와 과일을 보면 싱긋한 기운을 받는다. 뽀드득 씻은 과일 사진만 보더라도 형형색색 빛나기가 찬란하다. 살구색 복숭아의 불그스름한 얼굴, 탱글탱글 잘 익은 빨간 토마토, 땀 흘리는 듯 물기 머금은 포도, 오렌지빛 과즙을 품고 있는 귤, 그 자체로 생명력이 넘친다. 우리가 즐겨 먹어야 하는 음식은 바로 이러한 신선한 채소와 과일이다.

두 끼는 조리된 채소 요리를 먹지만, 적어도 한 끼는 배불리 과일로 채우려고 노력한다. 자연이 준 그대로를 받아들이려는 1/3의 시도를 한다. 바나나 두 개론 모자라 연달아 세 개의 귤을 까먹는다. 허기짐이 느껴지면 다시 바나나 하나를 더 먹는다. 비건 어린이에게 여전히 남아있는 조미료 맛 때문에 아직은 매콤 달달한 떡볶이가 먹고 싶고, 크림 같은 꾸덕 파스타가 당길 때가 있다. 하지만 비건 어른이 되면 달라지겠지. 채소 고유의 맛을 즐길 줄 아는 어른 입맛이 되어있겠지.

4장: 동요

못 참겠어!

4장: 동요

회식 자리

이윽고 회식의 날이 밝았다. 직장인인 나에게도 피할 수 없는 순간이 온 것이다. 공표한 날, 회사에도 일러두기는 했다. 일종의 암시로서, '그런 나이니 더는 고기 먹자는 말은 삼가 주오.' 하는 외침이었다. 그날을 떠올려 보면 이랬다. 나와 상사 둘의 대화다.

"점심 안 먹니?"

"드시고 오세요. 제가 고기, 생선, 계란, 우유, 유제품을 먹지 않게 되어서요. 마땅히 같이 식사할 식당 찾기도 힘들 거예요. 다녀오세요."

"베지테리안인가 비건 뭐 그거냐? ㅋㅋㅋ 그럼 뭐 먹고 사냐?"

"그거 빼고 다 먹어요. 콩고기 같이 가공된 비건 식품은 가능한 한 피하려 하지만."

"왜 하는데?"

"동물성 식품이 우리 건강에 너무 나쁘다는 걸 알았고. 그게 가장 크고. 동물에 대한 연민이나 기후변화 같은 거 생각하면 자연스레 먹을 수 없게 돼요."

"몸에 안 좋다는 건 아는데 실천하기까지 쉽지 않아서 그렇지. 어떻게 끊고 사냐. 특히 직장생활 하는 사람은."

"야. 그래도 조금은 먹어야 하지 않냐? 모자라는 영양소는 어쩌려고."

"충분한 양의 식물성 식품을 섭취하는 것 자체로 우리 몸이 필요한 영양소는 다 보충할 수 있어요. 비타민 B12는 조금 다른 이야기이긴 한데…."

"그래도 환경 생각해서 안 먹는다는 건 대견하네."

"정부에다가 특별 보상금 같은 거 달라 그래. 탄소 줄이는 데 일조

했다고."

"네.-_-"

유난으로 보면서도 결심에 대해 대견함을 한자리에서 다 받아볼 수 있었다. 그렇게 식사 자리에서 풀려났고 나는 비빔밥이나 메밀, 닭가슴살 없는 샐러드를 점심으로 먹을 수 있었다.

뭘 먹던, 나를 위한 배려가 빠져 있건 없건 회식만은 빠질 수 없었다. 적어도 물어봐 주기는 했다.

"뭐 먹을 수 있냐?"

회식으로 갈 수 있는 곳은 극도로 드물었다. 멀리 나가기 싫어 메뉴깡 하는 직장 상사를 두고 "여기서 지하철 타고 두 정거장 가면 괜찮은 비건 식당 있던데. 거기 가실래요?" 할 수 없었다. 안 갈게 빤했다. 게다가 내가 먹을 수 있는 건 부장이 원치 않는 음식이었으므로 나 또한 배려해야 했다. 기회 삼아 고기 먹고 싶으시겠지. 아무래도 채소는 밥이 아니라고 생각하시겠지.

"그냥 드시고 싶은 것 드세요. 저는 거기서 먹을 수 있는 걸 먹으면 돼요."

그나마 한식이 나오는 곳으로 갔다. 그래봐야 먹을 수 있는 메뉴는 코빼기도 보이지 않았다. 건강 한식이라고 쓰인 메뉴가 죄다 고기 아니면 생선을 굽거나 찌거나 튀긴 것에 불과했다. 그러니까 고기나 생선뿐이었고, 부장은 생선구이와 돼지 김치찜을 주문했다. "먹을 수 있니?"라며 다시 내게 물었는데, 방법이 없어 "괜찮으니 개의치 말고 시키셔요." 했다.

은색 공깃밥이 인원수에 맞춰 나왔다. 곁가지 찬도 제공되었다. 속으로 생각하였다. '아, 이것이 오늘 나의 주메뉴겠구나. 맛있겠다. 모자라면 더 시켜 먹어야지.' 곧 노릇하게 구워진 삐까뻔쩍 생선구이와 김칫국물에 폭삭 익어버린 두툼한 돼지가 든 김치찜이 나왔다. 불가항력과 같이 침이 새 나왔다. 학습된 김치찜의 맛, 시큼 매큼함에 과학 시간에 배운 조건반사 같은 게 튀어나온 것뿐이었다. 입안 그득 고인 침에 꿀꺽하고 인위적으로 삼켜야 했으나 그럴 수 없었다. 침 넘어가는 소리에 먹고 싶냐며, 그냥 먹으라고 놀려댈 거 같아서였다. 채식한다며 빳빳이 고개 들고 이야기하던 내가 떠올라 물 마시는 척, 고여있던 침을 넘겼다. 돼지 김치찜은 애정해 마지않는 음식 중 하나였다. 애써 침샘을 부정해야 했다. 부장이 또 물었다.

"진짜 안 먹어?"

"(안 먹어요. 안 먹는다고요!) 맛있게 드세요."

대답과 동시에 뜨끈하게 달궈진 은색 공기 뚜껑을 열었다. 그리곤 밥을 퍼 입으로 날랐다. 반찬으로 나온 어묵볶음을 빼고 초록색 나물(이름 모름)과 콩나물, 깍두기, 묵무침을 밥 한 입과 번갈아 가며 먹었다. 일부 먹을 수 없다 뿐이지 배고픔은 나에게도 찾아오니까. 성심껏 먹었다. 먹으면서는 작은 시선을 느꼈다. 밥과 나물 찬만 집어 먹는 내가 기괴해 보였던 모양이다.

다른 누가 물었다.

“맛있니?”

정말 솔직히 말하면 맛있었다. 밥에 나물 반찬 먹는 거, 풍요로워 굳이 해볼 이유가 없어서 그렇지 되게 맛있다. 배고플 때 먹을수록 맛있고 그냥 먹어도 맛있다. 그게 김치찜이 맛없다는 말은 아니고, 안 먹고 싶다는 것도 아닌데, 해보니 그렇다. 계란프라이 하나 없거나 스팸 한 조각이 없어도 만족할 수 있게 된다. 다이어트를 한답시고 깨작대고 먹던 날보다 배불리 먹고도 날씬하다. 그래서 말했다. 네, 맛있다고. 그랬더니 그 누군가 피식거렸다. 본인 세계에 없는 말이라 거짓 같았나 보다. 개의치 않고 굳세게 먹었다. 반찬을 리필 해 가며 밥 두 공기를 먹었다. 무슨 나물인지 집에서 해 먹어 봐야겠다고 생각했다. 깔끔한 한 끼 식사였다.

나오면서도 먹은 게 없어서 어떡하냐는 걱정을 들었다. 아이고, 나는 괜찮은데. 나물은 일 점 먹지 않고 고기만 집어 드신 게 더 걱정되던데. 그러나 함구했다. 그날 나를 괴롭힌 건 바삭하니 잘 구워진 생선 한 마리, 푹 익은 돼지 김치찜이 아니었다. 공연히 그것들 없이도 밥만 잘 먹는 내가 기이한 인간이 되었기 때문에, 그 시선이 조금 불편하였을 뿐이었다.

4장: 동요

만남과 모임

믿을 수 있을지 모르겠지만, 감사하게도 나를 보고파 하는 이들이 꽤 있는 편이다. 직장인과 작가, 아내라는 세 삶을 병행하는 터에 시간 찾기가 힘든 나임에도 만남에 대한 수요는 늘 있다. 또 믿을지 모르겠지만 때마다 발걸음하기를 마다치 않는 그들이 있다. 그들은 주중 점심 약속을 가장 사랑하는 나를 위해 이 도심으로 와주곤 한다.

점심시간이기 때문에 함께 밥을 먹어야 한다. 무엇을 먹을까, 하는 의식은 생각보다 중요하다. 다 먹고 살자고 하는 짓 아니겠냐며 차장이 해준 말이 떠오른다. 따라서 메뉴 및 식당 선정하기란 찾아 와준 그들을 위해 내가 해야 할 신중한 고민이 된다. 뭘 먹을까, 어디로 모셔야 할까. 엄마가 매일매일 저녁 메뉴 고민하던 게 남 일 같지 않다. 전이라면 다양한 선택지가 놓여 있었을 것이다. 고기가 들어갔거나, 고기로 우려냈거나, 생선회가 올려진 식당 전부 갈 수 있었으니까. 개중 그럴싸한 집을 골라 가면 그만이었던 것을 이제는 그럴 수 없어졌다.

동물성 식품을 먹지 않기로 하며 따라오는 고충은 식당 가기가 만만찮다는 것이다. 다니는 회사 중심으로 빙 둘러보아도 그렇다. 고기가 들어갔거나, 고기로 우려냈거나, 생선회가 올려진 식당이 99%다. 마땅한 대안이 없다. 때문에 1%라도 찾은 게 비빔밥, 샐러드, 메밀. 제법 정갈하게 나오는 비빔밥집과 새로 생긴 샐러드 가게를 반복해 간다. 어쩌다가 메밀을 권하기도 한다. 보통 면 먹고 싶은 날 하는 추천이기는 하지만. 아무리 모아도 그래봐야 셋 중 하나다. 나는 수줍게 제안할 수밖에 없다.

"혹시 비빔밥이나 샐러드, 메밀 중에 괜찮으신 거 있나요? 제가 아무 식당에나 팍팍 갈 수가 없어서…."

수줍은 메뉴 고백이 무색하게 돌아오는 건 화답이다. 답장에 반색이 있다. 오랜만에 비빔밥 맛있겠어요, 안 그래도 다이어트 중이라 잘 되었어요. 그럼 선택지가 좁아 미안하지만 양해 부탁드린다며 살짝 꽁무니 뺀다. 고맙게도 기쁘게 받아주는 그들이 있어 내 미안함은 가중되기도 한다. 더 예쁜 말은 내가 밥 먹자고 거기까지 가겠냐는 소리다. 아무렴 나는 괜찮으니 너 먹을 수 있는 것 먹자고 말이다. 그들의 지원이 내게 큰 지지가 된다.

그마저 저녁 술 약속일 땐 도리 없이 전용 식당에 가야 한다. 아무래도 너 가고 싶은 곳 가자고. 가서 먹을 수 있는 걸 골라 먹으면 된다고 하여도 한사코 괜찮단다. 덕분에 비건 식당에도 가본다며 저 먹고 싶은 것도 잊고 나를 배려한다. 이 융숭한 대접이 고맙기만 하다.

"오! 여기 비건 식당 괜찮아 보인다. 어때?"

실은 그이 때문에 내가 처음 비건 식당에 가보게 되었다. 그이라면 바로 삼겹살에 소주 마시던 친구 연이었다. 가능한 한 자연식물식으로 끼니를 해결하려는 나도 이때만큼은 가공 고기며 튀김 요리를 마음껏 먹는다. 나를 위한 처사로 고른 식당이므로 맛있게 먹는 게 내 마음도 편하다. 콩고기로 된 제육볶음을 시키고, 두부로 만든 라자냐, (뭐로 만들었는지 모를) 새우 칠리소스를 먹는다. 여자 둘이니 안주를 세 개쯤 시켜야 만족스럽게 배를 채울 수 있다. 몹시 맛있다. 그리고 맛은 술을 부른다. 비건 가공식품이고 술이고 자주 먹어선 안 되겠지만 이런 날은 '아몰랑'이 된다. 숱한 날 중엔 아몰랑이 필요한 법이다. 의외의 득템을 한 듯, 비건 음식에 대해 편견을 깨는 계기가 되기도 한다. 비건 식당에서 파는 메뉴는 (거의) 전부 맛있다. 하물며 논비건 레스토랑에서 먹던 음식보다도 더 맛있게 느껴진다. 오직 나의 의견은 아닌 게 그도 말했기 때문이다. 채소로 그득해 풀 맛이 날 줄 알았는데 아니라고, 맛있다고. 길 잃은 길고양이를 데려와 키우는 연은 비건의 문턱까지 가기도 했다. 내가 작은 영향을 전한 게 분명했다.

동생 영이 온 그날, 영은 가차 없이 치킨을 시키고 나서도 한 조각 먹지 못했다. 괜찮다며, 먹으라 종용했지만 끝내 먹지 않았다. 배달 오면 냄새 맡은 우리가 먹을 줄로 알았나 보다. 예상과 달리 치킨 보기를 돌같이 하던 우리를 보며 흠칫 한 모양이다. 나는 편히 먹으라 했다. 그 냄새는 나도 맡았고, 분명 영도 맡았다. 상상되는 맛에 침이 고였을 테고 영은 한 입 베어 물고 싶었을 것이었다. 허나 무슨 맛으로 먹냐며 먹지 않았다. 시킨 것을 후회했다.

혼자 먹기 편치 않은 마음은 아마 괜한 미안함 때문이었겠다. 영은 느끼고 있었다. 비건이기를 결심했기 때문에 언니가 일부 초자아의 힘을 빌려 참고 있다는 것을. 먹고 싶어도 조금 모른 척하고, 고소함이 코를 찔러도 못 맡은 척한다는 것을. 물론 초자아가 나를 지배할 수 있던 이유는 알게 된 진실 덕이었지만, 진실에 노출되지 못한 영은 본인의 느끼는 바에 따라 나와 동일시했을 거라는 걸. 무슨 맛으로 먹냐며 한 입 먹지 않은 건 동생 영만의 배려 방식이었다. 언니인 나는 그것을 안다.

그날은 치킨 대신 남편이 차려준 병아리콩 토마토 카레를 한 그릇 가득 먹었다. 후식으로 내온 감자 오븐구이도 케첩에 찍어 야무지게 먹었다. 만족스러운 식사였다. 조각도 건드리지 않은 치킨은 도로 포장되어 영과 함께 영의 집으로 갔다. 집에 가서도 많이는 먹을 수 없었다고 했다.

언제까지고 그럴 수 없지만, 미안하면서도 고마운 마음이 동시에 일었다. 허나 건강한 음식을 먹였다는 것. 동물성 가공식품이 난무하는 매끼에서 적어도 한 끼는 빠졌다는 것. 그것이 나를 미안함과 고마움에서 약간은 자유롭게 해주었다.

4장: 동요

나도 그 맛 안다구, 그만 말하라구

비건이기를 망설였던 것과 비건이기를 포기하고 싶던 것 모두. 세 치 혀가 기억하는 고기 맛 때문이었다. 삼겹살은 맛있어, 맛있으면 치킨, 치킨엔 맥주, 맥주엔 양꼬치, 양꼬치는 비싸, 비싸면 스테이크, 스테이크는 맛있어…. 고기 맛은 무한 루프를 타고 노래가 될 수 있다. 그리고 이렇게 〈원숭이 엉덩이는 빨개〉라는 동요를 빌려와 노래할 수 있는 것은 내가 할 수 있는 말이라서다. 고기의 참맛을 아는 나는 비로소 노래할 수 있다. 맛의 경험이 없다면 지껄이지 못하겠지만 분명하게 흥얼댈 수 있는 건 고기는 맛있어, 맛있어서 떠오른 건 치킨, 치킨 하니 생각나는 맥주…라서다. 다분히 소와 돼지와 닭에겐 미안한 마음이지만 혀에 새겨진 미적 감각은 잊을 수 없다. 불현듯 전에 소라가 해준 일화가 떠올랐다.

"내가 초등학교 6학년 때까지 엄마가 초콜릿을 안 줬거든. 그래서 세상에 없는 식품인 줄 알았어. 그러다가 6학년이 되고 처음 먹게 된 거야. 와, 이렇게 맛있을 줄이야. 진짜 깜짝 놀랐다니까? 그리고 화가 나더라고. 입에서 사르르 녹는 이 달콤한 고동색 빨래판을 그동안 엄마 혼자 다 먹었다고 생각하니까. 아무튼 그날로 초콜릿을 끊을 수 없게 되었지. 이게 나의 초콜릿 역사야. 이젠 반중독이지. 좀 줄이긴 해야 하는데…. 차라리 존재를 몰랐으면 모를까 끊을 수 없어."

나도 모른 채 살았더라면 어땠을까?

그런데도 바삭하니 갓 구워진 치킨 앞에서도, 노릇노릇 적당히 구워져 기름에 이글대는 소고기를 두고도, 젓가락 한 동작이면 집어질 시큼야들 돼지 김치찜을 코앞에 두고도 먹지 않았다. 보통은 몸에 넣고 싶지 않아서였다. 허나 의지를 부려야 했던 때도 있었다. 그럴 땐 식탁에 놓인 음식 중 먹을 수 있는 것을 공략해 양껏 배를 채웠다. 허기가 가시면 아무래도 고기 탐(貪)이 준다. 공표의 공을 빌려야 했던 날도 있었다. 고개 빳빳이 들어, 어깨는 펼쳐 정 자세로 나를 앉혀 놓고는 비건이라고 공식 발표하던 날을 기억한다. 육식 참을 수 있겠냐는, 질문인지 의문인지 모를 화살에 또렷한 목소리로 "네!"라고 대답하던 나였다. 때문에 쪽팔려서라도 먹을 수 없었다. 나물이랑 밥을 먹고, 별수 없는 날이면 감자튀김까지는 허용했다. 다만 내 앞의 그들은 고기를 먹고 있었다. 익숙한 손놀림으로, 저작 작용으로. 반면 고기 단 한 점을 먹지 않는 나를 보며 내게 대단하다고 했다. 이 맛있는 걸 어떻게 안 먹고 평생 사느냐고 말이다. 본인에 빗대어 생각하니 퍽 대단스러워 보였던 모양이다.

"야 어떻게 고기를 한 번에 끊냐. 대단한데?"

대단한 것도 없는데. 그 맛 모르는 거 아니고, 나도 아무것도 모르던 때는 당신처럼 먹으며 즐거울 때가 있었는데. 따라서 대꾸하고 싶던 말은 "내가 안 먹고 싶어서 안 먹겠니? 조용히 먹자. 좀."이었지만 "맛있게 먹어." 하고 말았다. 나라고 온전히 먹고 싶지 않은 것 아니나 차마 그럴 수 없다는 걸. 그저 조용히 몇 되지 않던 채소를 집어 먹었다.

내 입이 기억하는 눈앞의 먹거리를 볼 때면 의지를 부려야 하는 순간이 생긴다.

무심한 척 동네 삼겹살집을 지나가며 '나쁜 거야.'라고 다독이면서도, 유독 허기진 날이면 나도 몰래 냄새 따라 고개가 돌아간다. 유리문 어귀에서 초벌 중인 주인아저씨가 들고 있는 삼겹살도 한번 슬쩍 보고 내가 하는 고민 없이 야무지게 굽고, 먹고, 마시는 그들을 바라본다. 오렌지 조명이 그들 미소를 더 환히 빛나게 한다. 온갖 시름은 고깃집 밖으로 던져둔 듯, 고소하게 구워진 삼겹살에 소주 한 잔 기울이는 저들이 이토록 행복해 보일 수가. 나도 저런 때가 있었지. 나보다 현재를 즐기는 듯한 그들에 눈이 갈 때가 있다. 부러움 아닌 부러움이랄까. 오직 맛을 생각하면 부러움인데 꼭 그런 건 아니라 부러움까진 아닌 게 되는. 정작 화가 나는 이유는 삼겹살 냄새 때문이다. 코를 찌르는 삼겹살. 내가 잘못했다. 냄새가 왜 이렇게 고소하지???

반전이라면, 고백하건대. 고기보다 회가 더 먹고 싶다는 사실. 웃기는 건 회를 즐겨 먹던 사람은 아니었다는 사실. 맹텅맹텅 무미에 미끄러운 촉감, 씹어야 비로소 느끼는 쫄깃한 초장 맛이 전부라고 생각했는데 본인은 몹시 회가 먹고 싶다. 왜일까? 어쩌면 초밥의 영향이 컸을지 모른다. 신논현 모 일식집에서 먹던 세트 A가 정기적으로 떠올라 그런지 모른다. 아니, 뒤늦게나마 쫄깃한 회의 맛을 알게 된 건지 모른다. 논비건이던 시절 나는 알고 있던 게지. 날로 먹는 생선은 제법 돈 주고 사 먹을 만하다는 걸. 뒷북처럼 이제 와 그리움에 배를 감싸는 건 그래서일지도. 비건이 되고는 회가 좀 아른아른한다. 투명한 회처럼 맛도 투명해 별맛은 없지만, 회 한 점에 간장이랑 고추냉이 쪽 찍어서 먹는다면. 끼악!

이제는 발칙해져 버린 상상을 한다. 생선을 먹는다. 나로 인해 잡혀 온 물에 살던 생물에겐 참 불행한 일이겠지. 무엇보다 먹지 않는 게 내 건강에 이득인 거겠지. 먹지 않고 살게 놔두는 게 일거양득이겠지. 다른 말로 일타쌍피라 할 수도 있겠지. 그러나 생각은 나고 가끔 먹고는 싶다.

탐욕은 주체하기 힘들다. 그럴 때면 부처님도 아니면서 뭔 수행을 하겠다고 욕망을 누르는가, 싶을 때도 있다. 요동치는 내 침샘. 별걸 다 기억해서는 이렇게 사람 괴롭게 하는지. 나무아미타불. 부처님이라도 소환해야 할까 싶다.

4장: 동요

너 그러다 쓰러져

우리는 서로를 측은해한다.

"기지배야. 너 그러다 쓰러져. 많이 먹으라는 것도 아니고, 어느 정도는 먹고 살아야지!"

"아우, 엄마. 아니라니까. 육식 자체가 인간한테 불필요한 일이래. 고기 안 먹어서 오는 영양 불균형은 없고, 오히려 육식이 우리 건강을 망친데. 엄마는 텔레비전에 나오는 의사 말은 믿고 왜 엄마를 가장 사랑하는 딸내미 말은 안 듣는데?"

"고기를 안 먹는다고? 생선은? 생선도 안 먹니?"

"응. 안먹."

"아이고야. 야야. 아서라 아서."

서로를 위하는 마음이 이렇게 빗나갈 줄이야. 안타까움의 연속이다.

실제로 건강을 위해 동물성 식품을 먹지 않아요, 라고 말하면 되돌아오는 어른들 답은 "어째서?"다. 가장 염려하는 건 영양 불균형, 그렇다면 단백질은 어디서, 두 가지. 특히 나를 딸로 둔 우리 엄마의 경우 염려는 더해진다. 안 그래도 잘 먹고 다니라는 말을 입에 달고 살던 엄마였다.

우선 충분한 양의 채소를 고루 섭취한다면 우리 몸에 필요한 영양소는 다 채울 수 있다. 뭐 하나 과도하거나 결핍하지 않게 말이다. 우리 몸은 우리가 의지해온 것보다 훨씬 자립적이며 똑똑하다. 채소와 과일을 충분히 그리고 골고루 섭취한다면 우리 몸은 알아서 우리에게 필요한 양분을 만들어 내기도 할 것이다. 곧 몸의 자생력 아닐까 싶다. 그러나 엄마가 내 말에 귀 기울이지 않은 건, 미디어가 반복해 방출한 세뇌의 결과 때문이다. 불과 몇 개월 전 내가 그랬던 것처럼.

다만 엄마가 말하는 영양소 부족은 일부분에선 합리적인 걱정일 수 있다. 식물성 식품 섭취에 대해 비타민 B12를 염려하기도 한다. 동물성 식품을 통해서만 섭취 가능한 영양소라는 오해 때문인데, 그렇지 않다. 결론부터 말하면 식물성 식품만 먹어서 비타민 B12 부족이 생기는 게 아니고, 동물성 식품을 먹어서 비타민 B12를 채우는 것도 아니다. 심지어 된장이나 청국장, 고추장 같은 발효식품, 일부 버섯류(노루 궁뎅이 등), 미역이나 다시마 같은 해조류에서도 인간이 흡수할 수 있는 B12가 있다. 다만 부족할 수 있는 건 비타민 B12는 장내 세균에 의해 합성되기 때문이다. 따라서 인간이나 동물의 배변으로부터 많은 양을 얻을 수 있는데, 퇴비로 사용되던 대변이 위생 관념의 정착, 살균제 사용 등으로 인해 더는 쓰이지 않게 되었다. 그것이 비타민 B12 부족의 근본적인 원인이 되었다.

그런데도 채식하는 사람의 비타민 B12 결핍 위험은 특수한 경우가 아니면 무시할 수 있을 정도로 낮다고 한다. 오히려 비타민 B12의 결핍 위험은, 비타민 B12가 풍부한 동물성 식품의 과도한 섭취로 인해 발생한 질병에 의해 흡수 방해받을 때 증가하니, 익보다 실이 더 큰 상황에 굳이 B12를 이유로 동물성 식품을 찾아 먹을 필요가 있을까.

그리고 단백질 문제. 우리 몸은 10%의 단백질이 필요하고, 이는 식물성 식품에서 충분히 얻을 수 있는 양인데 왜 고기를 먹어야 하는지. 그것이 잉여가 되어 우리 몸에 독소로 남아있다는 건 아무도 모르는 눈치다. 독소가 지방이 되어 저장된 뱃살을 보면 빤히 알 텐데도.

고기 없이 힘쓸 수 있냐는 물음도 받는다. 나는 비건인 한편 운동인이다. 운동을 업으로 삼는 사람은 아니지만 오래 해왔고, 즐기는 일이고, 없이 살 수 없고, 한때는 누구보다 잘하고 싶어 강박도 걸려봤다. 운동한 지 올해로 9년 차쯤 되었다. 이런 나를 주변에선 잘 안다. 회식하는 날도 자리 마치는 즉시 운동할 정도로 운동에 진심이었기 때문이다. 그래서인지 운동을 생활로 생각하는 내게, 고기 없이 어떻게 웨이트 트레이닝을 할 수 있느냐 묻는다. 머릿속에 자연스레 그려지는 어떤 방정식이 있는 듯했다. 이 또한 예전의 내가 그랬던 것처럼. 힘의 근원은 육식이라는 오류. 실은 고기와 에너지의 연관 관계에 대해 혼자 고민해 본 일이 있는데, 나름의 두 가지 결론을 내리게 되었다. 하나는 제레미 리프킨이 지은 《육식의 종말》에서 얻은 아이디언데, 수천 년 전 이집트에서 황소를 신으로 받들던 '황소 신앙'이 계기가 된 것 아닐까 한다. 황소의 신 아피스(Apis)가 상징한 엄청난 체력과 생식능력, 전쟁과 정복에 대한 남성적 정열 말이다. 당시 왕들은 황소의 살코기를 먹음으로 맹렬한 힘, 당당한 체력, 남자다움과 일체를 이뤄 영생을 얻고자 했다고 하니 더욱(실제로 제레미 리프킨 책을 읽다 보면 사람이 고기를 많이 먹게 된 데에는 권력, 돈, 문화, 사회와 관련이 있었음을 알 수 있기도 하다).

당시 믿음이 2022년에 사는 우리 엄마에게까지 전해져 '고기 먹으면 힘이 난다'라는 현존하는 보편 상식이 되어버린 것 아닐까 하는 추측을 해본 것이다. 다른 하나는 열량적 측면에서 온 것이다. 고기에 지방이 많은 만큼 단백질이나 탄수화물에 비해 단위당 열량이 높으니 자연히 힘이 세질 거라고 단순 계산한 게 아닐까, 한다. 단백질과 탄수화물은 g당 4kcal를, 지방은 g당 9kcal를 에너지로 하기 때문이다. 4보다 9가 2배는 더 크다는 산수 차원의 계산이 오류를 만든 것 아닐까? 온전히 나의 상상이 빚어낸 추측이다. 허나 참인지 거짓인지는 중요하지 않다. 진실은 식단에서 고기를 배제하면 배제할수록 건강해진다는 것 하나다. 많은 이가 오해하고 있는 '고기=힘'이라는 방정식으로 성립한 건 볼록 튀어나온 배와 각종 질병일 뿐이니까.

그래도 운동만 잘 된다고, 웨이트 트레이닝 경력 9년 차에 해당하는 나는 말한다. 채식하며 훌륭한 기량을 뽐내는 운동인 몇을 소개해 주기도 하지만 말해봐야 설득은 쉽지 않다. 고개를 좌우로 저으며 갸우뚱한다. 믿음은 변하려는 자의 것, 나는 더 말하지 않는다.

우리는 서로를 측은해한다. 우리의 측은은 마를 날 없다.

* 곡물이나 채소에도 단백질이 함유되어 있어요

식물 단백질 공급원으로 두부, 두유, 낫토, 템페, 청국장, 저지방 대체육, 콩고기, 세이탄 등 밀단백질, 통곡물, 브로콜리 등이 있다. 의외인 것은 곡물과 브로콜리에도 단백질이 함유되어 있다는 것이다. 어느 정도냐면 브로콜리 100g당 5g의 단백질이, 귀리 100g에는 16.89g의 단백질이, 현미 100g에는 2.56g의 단백질이 포함되어 있다. 달걀 100g에 12.4g의 단백질이 함유된 것과 비교해도 전혀 뒤처지지 않는다.

다소 아쉬움이라면 귀리나 현미와 같은 통곡물 구성 영양소 및 함량에 대한 전체를 파악하기보다 "그래서 현미에는 몇 g의 탄수화물이 포함되어 있나요?"라는 질문이 압도적으로 많다는 것이다. 통곡물=탄수화물이라고 인식의 길이 나 있기 때문이다. 단백질은 닭가슴살이나 계란, 소의 안심을 통해 찾아서이다.

어떤 식품이건 특정 성분만 포함하지 않는다. 닭가슴살에도 단백질과 탄수화물, 지방이 포함되고 통곡물이나 채소도 마찬가지다. 다만 구성 비율이 다른 것이다. 다이어트를 이유로 많이 먹는, 단백질 함량이 높고 탄수화물은 적다고 알려진 계란이 100g당 지방은 9.94g이나 포함하고 있다는 사실은 많은 이가 놓친다. 현미의 경우 탄수화물의 함량이 더 높지만 충분한 양의 단백질이 있고, 지방은 고작 0.89g을 포함한 식품이라는 걸 말이다. 그리고 살찌게 하는 주범은 탄수화물이 아니라 고단백 뒤에 감춰진 지방의 과다 섭취다. 존 맥두걸 박사 표현에 따라 '탄수화물의 누명'이라는 일곱 음절은 정말이지 우리의 오해를 그대로 드러낸다.

4장: 동요

커피콩도 아플걸

점심 후 삼삼오오 모여 커피 마시는 자리였다. 쟁반에 놓인 따뜻한 카페라테 1잔과 아이스 아메리카노 3잔을 받아 자리에 앉았다. 아이스 아메리카노 한 잔은 내 것이었다. 비건인 걸 알고 모 이사가 물었다. 식물이 소리를 못내 그렇지, 고통 없겠냐는 질문이었다.

"커피는 마셔?"

"네. 마시죠. 커피콩으로 만든 아메리카노 마시면 되죠!"

"커피콩도 톡 하고 따일 때 아플걸? 걔들은 안 불쌍해?"

하면서 인간에게 수확 당하는 커피콩을 몸으로 묘사했다. 얼굴엔 인상 가득 온갖 주름을 찌푸리고 있었다. 그런 그를 보니 희극인 신봉선 대사가 떠올랐다. "뭐라 쳐 씨부려쌋노?" 그러나 이사 표정이 개그지긴 개그져, 실속 없이 웃고 말았다. 커피콩 인간인 줄 알았다. 더욱이 마땅한 대답 거리가 없었다. 당시라면 비건 초창기로 비건과 논비건의 괴리를 독서로 채우던 중이었다. 읽어야 할 책이 더 많았고, 정립되어 비로소 상식이 된 지식은 얼마 되지 않은 터였다. 그래서 '설마'한 것이다. 이사가 말한 것처럼, 동물은 아프면 안 되고 식물은 아파도 된다는 일관되지 못한 대답이 될까 봐서였다.

실제 이사한테만 받은 질문은 아니었다. 여럿이 궁금해했다. 만약 동물에 대한 연민 때문에 시작한 일이라면 식물은 어떠냐고. 걔들은 아프지 않은 거냐고, 걔들도 생명이 있지 않으냐고 물었다.

자문해 보았다.

'식물은 왜 먹어도 괜찮은 것인가. 건강에 좋은 채식이라는 건 차치하고, 진짜 고통을 느낀다면 식물에 대한 연민도 가져야 하는 것 아닐까. 헌데 스님도 살생은 안 해도 채식은 하시지 않나? 고로 채소나 과일을 따 먹는 건 살생은 아닌 거 같은데.'

논리의 비약도 있었지만, 아무튼 스스로 생각해 볼 시간을 가졌던 거다. 마치 내게서 답을 찾을 수 있던 것처럼. 그리하여 내린 답은 이거였다.

'아. 식물은 다 익으면 툭, 하고 땅에 떨어지지. 절로 한 계절을 마감한 셈이지. 버려지는 셈이지. 버려지기 전에 먹을 뿐이지.'

그러기엔 통통하게 잘 익은 방울토마토도 따 먹고, 흙을 파 감자를 캐 먹고, 뿌리 내린 파를 뽑아 먹는다. 방울토마토가 똑 떨어지거나 감자가 절로 땅 위에 올라오거나 파가 스스로 몸을 벨 때까지 기다리지 않는다. 한 마디로 똥 같은 소리였다. 나중에 알게 된 사실은 김한민 작가의 《아무튼, 비건》으로부터였다. 김한민 작가는 말했다.

“우리가 과학적으로 고통이라고 정의하는 것은 신체의 통점과 중추신경계를 통해 전해진 자극이 뇌에서 종합되는 아프고 불쾌하고 피하고 싶은 감각이다. 같은 생명이라도 뇌와 중추신경계, 통점이 없는 식물이 이런 종류의 고통을 지각하고 분석해 처리한다고 생각할 해부학적 근거는 없다. 우리가 고통을 지각하지 못하고 의식이 없는 상태의 인간을 식물인간이라고 부르는 것은 이 때문이다. 만약 식물에도 고통이 있다면 그것은 차원이 전혀 달라서 우리가 알지 못하고, 아직 과학으로 설명할 수 없는 종류의 고통일 것이다.”

김한민, 《아무튼 비건》, 위고, 2018. 11. 25

그때 이렇게 멋지게 대답해 줄 수 있었다면. 《아무튼, 비건》을 읽을수록 김한민 작가가 몹시 대단해 보일 뿐이다.

그들을 이해시킬 멋진 대답을 준비한다. 그래서 이렇고, 저렇

단다. 책에 멋들어지게 쓰여 있고 나는 이를 구두로 전할 뿐이다. 그런 당신은 동물과 지구환경을 위해 적은 노력을 실천할 준비는 되어있느냐고. 답변 마지막엔 나 또한 묻고 싶어질 때가 있다.

불편한 비건

나도 참 순수했던 거지.

통곡물 식빵에 적힌 '통곡물' 때문에 먹어도 될 거라는 착각을 했다. 옆에 있던 우유식빵과 먹물 식빵은 우유가 들어서, 오징어 먹물을 사용해서 제치고, '통곡물'을 사용해 만든 '통곡물' 식빵 하나를 집어 들었다.

"이거 얼마에요?"

"삼천 원입니다."

비건이 먹는 빵은 보통 비싸던데, 우유랑 계란이 없어도 그렇던데 얘는 그렇지 않았다. 한 봉지 달라고 했다. 카드를 내밀었고 5초도 지나지 않아 결제되었다. 남편이 좋아할 거란 생각에 내심 흐뭇했다.

그날은 식빵에 터키식 토마토소스를 발라 먹는 것으로 저녁 한 끼를 해결했다. 만족스러운 식사였다. 빵을 주식으로 먹는 나라에서 온 남편도, 쌀을 주식으로 먹는 한국인인 나도. 빵을 먹은 건 실로 오랜만의 일이었다. 빵을 멀리해왔다. 그럴 수밖에 없었다. 시중에 판매하는 빵 중에 우리가 먹을 수 있는 것은 희박하다. 계란과 우유, 버터가 들어간다. 태어나고 빵 만들어본 경험이 없어 그렇지, 대충은 안다. 하물며 건강을 위한 음식이 아니라는 것도 안다. 멀리멀리 했다.

그 정도 인지는 하며 살았는데 '통곡물'에 홀린 날. 비건을 위한 건강한 빵일 거라는 단단한 착각을 했다. 언어의 힘이 이렇게나 세다. 일부가 전체를 아울러버렸다. 거나한 한 끼 식사를 마치고 두둑해진 배를 두드리며 무심결에 통곡물 식빵을 살폈다. 투명한 식빵 봉지 뒤에 흰색 글씨로 포인트 5쯤으로 적힌 원재료 및 함량 표기란. 보고 놀라지 않을 수 없었다.

"자기야! 이거 계란이랑 우유 다 들어갔는데? 홀리 쉿(이런)!"

다 먹고 곧 응가가 되어 나올 타이밍이었는데, 너무 늦었을 때였다. 하물며 포함된 통곡물 함량이라곤. 좌절감이 일었다.

나의 순수함은 여기서 끝나지 않는다. 나는 시판 된장찌개 소스에 된장만 있는 줄 알기도 했다. 다만 조금 맛있는 된장찌개? 집 된장으로 한 것보다 맛있는 소스? 그것은 브랜드 능력? 아닐까 생각했고 철석같이 믿었다. 거리낌 없이 세 봉지씩 사두었던 기억이 난다. 그래도 차돌박이 된장찌개 소스는 거들떠보지 않았다. 차돌박이가 들어갔을 테니깐. 해물의 감칠맛이 살아 있다는 된장찌개 소스도. 조개나 꽃게 따위가 들어갔을 테니깐. 그래서 '된장'찌개 소스라 쓰인 제품을 골라 산 거였다. 흐뭇했다. 난 참 야무졌다.

머리가 느낌표로 한 대 맞은 듯, 생각이 멈췄다. 한참 나중에 확인한 성분표엔 그간 비건이었음을 말하고 다닐 수 없었을 재료명이 기재되어 있었다. 육고기, 물고기, 오만 동물성 식품이 콤마(,)를 사이에 두고 바글댔다. 졸지에 우리는 논비건 식품을 먹어 온 셈이 되었다.

불편한 감정이 일었다. 기억하건대 된장찌개 소스로 만든 된장찌개를 먹거나 통곡물 식빵을 구매한 날도, 나는 블로그에 글을 썼다. 비건에 대한 쫑알거림. 비건이 어쩌고저쩌고, 실컷 떠들었던 거 같다. 된장찌개 먹은 나를 드러내던 건 또 어떻고. 비록 두부와 애호박, 버섯, 감자, 파가 듬뿍 들어가 있었지만 어디까지나 동물성 식품이 들어간 소스였으니까. 순진한 건지, 바보인 건지 헷갈렸다.

이토록 알게 모르게 들어가 있는 동물성 식품에 불편하다. 분간을 위한 별도의 노력뿐만 아니라, 구별해 내었다 믿은들 모르는 사이 섭취하고 있던 부지불식간의 침범이 나를 불편하게 한다. 어디고 도사리고 있다. 아닌 척, 없는 척해도 어디까지나 척일 뿐이다. 그런 날이면 의도하지 않게 동물성 식품을 섭취하게 된다. 먹고 나서 놀랄 때도 있고, 여기까지 네가(동물성 식품이) 침범했냐며 질겁할 때가 있다.

그 말은 비건이 시판 제품을 식재료로 활용하긴 쉽지 않다는 의미이기도 하고, 동물성 재료가 쓰이지 않은 곳곳이 없다는 의미이기도 하다.

마찬가지로 비건용 소스를 제외한 대부분의 시판 소스는 살 수 없다. 시중에 판매되는 제품은 대부분 논비건을 위한 식품이다. 다수는 동물성 식품을 걸러 먹지 않기 때문이다. 가공된 소스도 마찬가지. 고기나 우유, 어패류 따위가 하나 걸러 첨가되어 있다. 예를 들어 구운 마늘과 양파를 대표 식재료로 외치며 시중에 팔리고 있는 토마토스파게티 소스가 있다. 비건이 되기 전이었다면 '고기 없어 맛없을 것.'이라며 집지 않았을 소스고, 비건이 된 후라도 알지 못했더라면 '구운 마늘과 양파, 토마토밖에 없나 봐. 먹어도 되겠다!'하고 집었을 소스. 곱게 포장된 앞면을 건네 뒷면으로 가보면 착각이었음을 알 수 있다.

다이스드토마토(토마토, 토마토주스, 구연산, 염화칼슘), 정제수, 토마토페이스트, 양파, 대두류, 설탕, 블랙 올리브, 변성전분, 치킨엑스 DS, 정제 소금, 마늘, 건조 양파, 바질, 오레가노, 흑후추, 토마토, 대두, 밀, 쇠고기, 닭고기, 조개류(굴) 함유

비건을 속일 의도는 아니었겠지만, 비건이라면 채식으로 속아 넘어갈 뻔한 언어의 조작은 가공식품에 수두룩하다.

이런 예도 있다. 어디에도 동물성 식품의 흔적을 찾기 힘든 경우. 나와 같은 일반인이 '젤라틴'이 동물에서 추출해 만든 식품이라는 걸 알 수나 있을는지. 참고삼아 전하자면 젤라틴은 동물의 피부, 뼈, 인대나 건 등을 구성하는 콜라겐을 산이나 알칼

리로 처리하여 얻는 유도 단백질의 일종이다. 이를 두고 혹자는 "벼라별 것을 다 동물에게서 빼앗는구나."라고 했고, 나의 지인 김은 "헐!"이라고 했다. 따라서 특히나 엄격한 채식을 지향하는 비건에게, 시판 소스 대부분은 구매 불가 상품이라고 보면 된다.

마지막으로 예비 비건인 독자님들을 위해 추가 정보를 전하자면, 글루텐은 비건과 무관하니 초창기 나와 같은 오해는 없었으면 하는 바람이다. 글루텐이란 밀, 보리, 귀리 등 곡류 식품에 포함된 물에 녹지 않는 불용성 단백질로, 우리가 먹는 면, 빵을 쫄깃하게 만들어 주는 역할을 한다. 그래서 "비건도 먹을 수 있다는 건가요, 없다는 건가요?" 물으신다면 결론은 "먹을 수 있어요."다. 오해의 근거는 비건 식당에 줄기차게 보이는 '글루텐 프리'표기 때문일 것이다. 하필 비건 식당에서 본 표기라, 동물성 성분이 포함되었을 거라며 지레짐작하게 하니까. 어쨌든 글루텐 불내증인 분이 아니고서야 비건은 글루텐을 먹을 수 있다.

4장: 동요

비건 사칭을 주의하세요

기사 제목 하나가 눈에 들어왔다. “식물성 대체육이라더니… 웬 쇠고기?” 불과 엊그제 실린 이 글은 최근 소비자들의 친환경 가치구매 심리를 악용한 업계의 부정에 관한 내용이었다.

먹거리 그린워싱에 관한 기사였다. 먹거리 그린워싱이 무엇이냐면 그린(green)과 워싱(washing)의 합성어로 친환경인 척 이미지를 세탁하는 브랜드나 기업의 행위를 일컫는 말이다. 가짜 친환경주의다. 가치소비 시장 확대가 기업을 친환경적으로 부추긴 셈이다. ‘식물성 대체육 상품’이라 표기해 놓고는 동물성 식품인 소고기가 함유되어 있다거나, '식물 단백질 샌드위치'라 명한 제품에 쇠고기, 닭고기를 포함하고 있거나. 가치소비를 지향하는 소비자로선 당했다는 느낌을 강하게 받을 수밖에 없다는 게 기사의 골자였다. 격하게 공감하지 않을 수 없었다.

한편 제법 보는 오류는 어휘로서 '비건'의 쓰임이다. 비건식이 아님에도 비건을 슬로건으로 내세운 식당 메뉴나 가공식품을 제법 본다. 최근 들른 대형 샐러드 가게도 그랬다. 비건 샐러드라며, 'Vegan'이 쓰인 연두색 딱지가 붙어 있었다. 그리고 그 바로 밑에 포인트 10으로 적힌 에그 스크램블을 보았다. 샐러드 구성 일부로 계란이 들어간 것이다. 눈 뜨고 코 베일 뻔한 상황이 연출 되었다. 그래서 샐러드 가게 사장님께 말씀드리자면, 엄밀히 해당 메뉴는 비건식이 아니라 폴로·페스코·오보 베지테리언…을을 위한 식단이라고 표기해야 한다는 것이다. 연두색 바탕에 흰색으로 쓰인 'Vegan' 딱지는 떼어 내었으면 하는 것이다. 구분해 이름을 붙이는 데는 이유가 있다. 그것은 정체성을 확고히 하는 수단 중 하나라 생각한다. 누가 더 낫거나 그렇지 않고 나완 상관없이, 내가 나를 정의하는 수단. 나는 식단에 계란도 배제하겠다고 정의한 비건이다.

이따금 광고 오류도 만난다. 비건식이라고 해서 판매 홈페이지에 들어가 보면 그렇지 않을 때가 있다. 동물성 재료가 포함되어 있고, 정작 비건은 해당 제품을 사 먹을 수 없다.

글에는 힘이 있어 이미지를 장악하기도 한다. 언어가 미치는 영향력이다. '채식'이라 하기 대신 '비건', 혹은 '식물성'을 강조하는 것도 마찬가지. '채식'은 어쩐지 드레싱 한 방울 없는 풀떼기 모임이나 지루한 맛을 떠올리게 하지만 '비건'이나 '식물성'은 상대적으로 환경과 동물권 보호를 위해 고기를 먹지 않는 세련된 개념의 이미지를 연상케 한다. 가치소비에 민감한 MZ세대의 마음을 사로잡기 딱 좋다.

무엇이고 좋다. 그것이 해당 식품을 대변하는 말이라면. 다만 거짓이 문제다. 우리에겐 암묵적 동의가 있다. 거짓 하지 않았을 것, 그리하여 의심 없이 믿는 것. 기만이라는 단어는 그래서 생긴 걸지 모른다. 쓰인 그대로를 믿은 소비자는 기만당했다고 여길 수밖에 없다. 식물성 대체육 사건이 그렇다.

더는 부지불식간에 언어를 해체해 버린 의도적 오독은 없길 바란다. 나와 우리를 위한 선한 의도로 가치소비 하고자 하는 소비자를 실망하게 하는 일은 더 없었으면 한다.

5장: 극복

비건 사수를 위한 발악

5장: 극복

결국 라면

어디까지나 참고 못 참고의 문제였을 뿐이다.

참을 수 없을 만큼 힘든 순간이 내게도 찾아왔다. 라면 한 봉지를 한 젓가락에 먹어버리던 그 때문에. 다시 한 움큼 집어 또 한 입, 입가심마냥 김치 한 조각 베어 먹던 그가 내 발부터 머리끝 온 세포를 자극한 것이다. 미친 듯이 먹고 싶어졌다.

그 맘쯤 라면에 대해 간절함이 있었다. 동물성 식품 없이는 그런대로 지낼 만했다. 먹고 싶을 때가 드문드문 있었지만, 드문드문 눌러낼 수 있었다. 한편 비건이 된 나는 나를 새로 아는 계기가 되기도 했다. 새삼 알게 된 나는 면 좋아하는 사람이었다. 입으로 들이마시는 호흡 한 번에 딸려 오는 라면, 그 보드라움이 그토록 그리웠다. 국물 한 모금엔 꼭 "크~"가 따라오던 매콤 얼큰함이 간절했다. 그리고 다시 때리는 면발 한 점에 소주 한 입. 꿀꺽. 쓰는 지금도 침이 고이는데…. 이따금 비건이기로 한 내가 원망스럽기도 하다.

하늘은 무심하지 않다. 내가 너와 동물, 지구, 그러니까 우리를 살리느라 고생이 많다는 걸 알게 된 눈치다. 어느 날 비건 라면이 있다는 걸 알게 되었다. 분명 고기가 없어서 먹어도 된다고도 쓰여 있었다.

"뭐? 비건을 위한 라면?"

의외라면 이미 여러 브랜드에서 출시했다는 것이다. 인터넷으로 성분표부터 찾아보았다. 성분표는 꼭 확인해 봐야 했다. 동물성 식품은 철저히 배제되어 있었고, 그 말은 라면을 먹을 수 있다는 거였다. 살짝 흥분되어 격앙된 마음으로 그것이 팔 법한 큰 마트에 들렀다. 라면 코너를 찾았다.

빨갛고 하얗고 검은 봉지가 종류별로 차곡차곡 쌓여 있었다. 먼 걸음에서 아득히 바라보니 여기저기 두서없이 반짝거렸다. 폴리에틸렌으로 만들어진 봉지가 나의 움직임에 맞춰 마트 조명에 반사되고 있었다. 눈부신 나머지 봉지에 쓰인 글자를 읽기 힘들었다. 내가 찾는 그것을 위해 더 가까이 다가가기로 했다. 조오기, 인터넷에서 본 비건 라면과 비슷하게 생긴 물체가 보였다. 단숨에 달려갔다.

한편 이의철 직업환경의학 전문의 말이 떠올랐다. "비건을 위한 음식이라고 다 같이 건강한 게 아니라…." 음 소거 버튼을 눌러 버렸다. 참거나 참지 않거나의 문제였으므로, 한 번 참아 버린 게 된 나는 이번 '비건 라면'만은 허락해 주기로 했다. 두 봉지를 끓였다.

끓이는 내내 얼마나 흥이 났는지 모른다. 염분 가득한 음식은 퍽 맥주랑 어울린다. 맥주가 짠 기를 잘 없애주기 때문이다. 이미 맥주 한 잔은 꺼내둔 상태였다. 냄새는 보통 라면이었다. 보통이 사람 미치게 한다. 나도 알고 너도 알고 있어 종잡을 수 있는 그 맛. 익기만을 기다렸고, 3분쯤 지나 먹게 되었다.

'이 얼마만의 라면인고.'

남편 많이 먹으라며 양껏 챙기는 나지만, 그날만큼은 공평하고 싶었다. 남편 반, 나 반. 세 개 끓이지 않은 게 살짝 한스러웠다.

그날은 그랬다. 먹(고 보)자는 심사였다. 비건이 되고 나서 실제 먹고 싶지 않은 날이 더 많지만, 먹고 싶은 날도 이따금 만난다. 거부할 수 없을 맛을 혀가 기억하고, 감정을 자극할 화학조미료를 원한다. 꼭 그랬다. 동생 영도 당직으로 피곤한 날이면 늘 고콜레스테롤 고칼로리 음식이 먹고 싶다고 했다. 나를 파괴하며 얻는 해소가 있는 듯하다.

그럴 때는 고민 없이 먹는 게 답이다.

먹을까, 말까만 백 번 외치다 스스로 지쳐 나가떨어지느니, 마음 편히 먹고 마는 편이 낫다. 비건이라고 무결할쏘냐. 여태 라면 먹을 수 있던 기회를 백 번쯤 놓쳤으니, 오늘의 한 끼는 이걸로 된 것으로. 만족스러운 한 끼를 해결했다. 맥주 500cc 한 캔에 라면 한 그릇 뚝딱 해치우며 부른 배를 두드렸다.

최근 반가운 소식 하나가 추가되었다. 팔도에서 그들의 시그니처 라면인 팔도 비빔면을 채식 버전으로 출시했다. 돼지고기, 닭고기 등 동물성 성분을 비빔 소스에서 빼고 채소 맛을 강화하기 위해 채소 혼합 추출물로 대신했다고 한다. 재료를 보면 비건이 먹을 수 있는 비빔면이 된 셈이지만 역시 많이 먹는 것은 좋지 않겠지. 하지만 이따금 입맛 없을 때 한 번씩 끓여 먹어야겠다. 반갑지 않을 수 없다.

나 오늘은 불량 할래

비건을 가장 힘들게 하는 건 아마 절제일 것이다. 물론 절제에도 미(美)가 있어 풍성한 채소와 과일이 주는 풍요로움, 가벼움, 에너지 레벨 상승, 활기가 있지만 한편 그 모두를 무시하고 싶을 때가 있다. 고백하자면, 요즘 나는 그날을 조금 자주 만나는 편이다. (철저히 건강상 관점에 근거해) 불량하고 싶다.

그럴 때면 다양한 불량식품을 비건 식단에 맞춰서 해 먹는 편이다. 참지 않고, 먹는다. 채식주의자를 아우르는 명칭엔 무게감이 있어 마땅히 그래야 한다거나, 반드시 참아야 한다거나 하는 선입견이 짙게 따른다. 허나 그렇지 않다. 이따금 사무친 그리움으로 재료 본연의 맛이 아니라 조리가공식이 땡기는 날이면 다음을 찾아 먹어도 좋을 듯하다. 참는 게 능사는 아니라 때마다 슬기롭게 넘어갔으면, 그리하여 지속했으면 하는 게 우리 바람이라서다.

비건 라면 : 삼양 맛있는 비건 라면, 삼육 채식 라면, 팔도 비빔면, 풀무원 정면

비건 과자 : 고구마깡, 꼬깔콘 고소한 맛, 로투스, 무뚝뚝 감자칩 (그 밖에 다른 감자칩 중에도 비건이 먹을 수 있는 게 제법 된다.), 미니쌀 약과, 미원 맛소금 팝콘, 사또밥, 신당동 떡볶이, 자가비 고추냉이, 찹쌀 선과, 츄러스, 프링글스 오리지널 등(처리하는 건 비건이 먹을 수 있는 과자가 몹시 많으므로).

튀김류 : 극단적 예로 삼겹살 지방을 기름 삼아 튀겨먹는 게 아닌 한, 그러니까 동물성 기름을 튀김 기름으로 사용하는 게 아

닌 한 엄연히 감자튀김 등 채소로 튀긴 음식을 먹을 수는 있다. 비건이 못 먹을 음식은 아니다. 다만 무가공 자연식물식을 지향하는 분들에겐 다소 꺼려지는 음식이기는 하다. 자연답지 못한 조리법이기도 하거니와 튀겨 조리한 이상 몸에 유익할 리 없기 때문이다. 이따금 억울한 건, 혀에 좋은 음식은 몸을 아프게 하지만 몸에 좋은 음식은 혀를 무료하게 할 때가 있다는 것이다.

우리도 가능한 한 자연 상태 그대로의 식물을 섭취하려 노력한다. 생김 그 자체로 먹을 수 있는 음식은 생으로 먹고, 달리 방법이 없다면 볶거나 튀기기 대신 굽거나 찌는 방식의 조리를 택한다. 감자의 경우도 마찬가지. 보통 감자를 부채꼴 모양으로 썰어 5분간 물에 담가 전분기를 제거한 뒤 소금을 소금소금, 후추를 후추후추 뿌려 오븐에 구워내는 방식의 감자구이를 즐긴다. 갓 구워져 나와 열기로 가득한 구운 감자에 케첩(설마 너도 알고 보니 비건이 먹을 수 없는 소스는 아니겠지…) 듬뿍 찍어 먹으면 순식간에 한 판 동이 난다. 그런데도 구운 감자로 성이 차지 않는 날이면 막대 모양으로 얇게 썰어 튀기고야 만다. 자주 만나고 싶지 않은 날이지만 어쨌거나. 감자튀김은 허용범위 안에 있으니까.

개중 가지튀김은 근래 우리 부부의 마음을 사로잡은 요리다. 중식당에서 먹었던 지삼선으로 한동안 가지에 마음을 빼앗긴 날이 있었다. 정말이지 새삼 가지의 매력에 헤어 나올 수 없었지만, 비건이 된 후론 중식당에 가지 못한다. 대신 시장에서 가지를 사 온다. 세 개가 한 묶음에 2,000원짜리 가지 삼 형제. 막상 가정식 지삼선은 내 능력으로 다룰 수 있는 음식 같지 않아 랩에 묶인 채 냉장고에서 생을 마감하게 했던 가지였다.

그러나 요즘은 부침가루에 살짝 묻혀 가지를 튀겨 먹는다. 요리라 하기도 부끄러울 만큼, 쉽고 간편한데 격하게 맛있다. 특히 소스가 중요한데 물과 간장, 식초, 올리고당을 넣고 끓이다 마지막에 전분 가루 살짝 넣고 졸이면 끝이다. 새큼달큼한 게 입맛을 돋운다. 한입 무는 순간 날카로운 이 사이로 새어 나오는 가지의 채즙과 뜨거운 기름은 맛보아야만 알 수 있는 것.

비건 피자, 비건 버거, 비건 브라우니. 비건을 위한 식당이 늘어나고 있긴 한가 보다. 어제 약속이 있어 들른 압구정에서도 보았고, 늦은 점심으로 비건 버거를 먹을 수 있었다. 비건식에 대한 편견은 맛보므로 깨지는 때가 많다. 나야 편견이 생기기 전 비건에 입문했지만, 나로 인해 비건식을 접해본 지인은 말한다. 의외로 논비건식 못지않게 맛있다고.

비건을 위한 버거와 페스코를 위한 버거, 크게 두 메뉴였다. 물론 나의 경우는 비건 버거였다. 모습은 시중에 흔히 볼 수 있는 버거와 다르지 않았다. 빵 사이에 양상추와 토마토, 양파 그리고 약간의 소스, 그사이에 끼어있는 패티. 대체육으로 만든 패티였다. 한 입 앙, 하고 베어 무니 버거 맛이 났다. 단지 패티에서 고기와는 약간 다른 식감을 느꼈는데, 씹는 순간 고기는 뭉그적하게 사라진다면 대체육은 알갱이들이 잔잔히 남아 입 안에서 흩어진달까. 그리고 이게 전부일 뿐, '맛있어'를 연달아 외치다 마지막 한 입이 남았다. 어떤 아쉬움이 밀려왔다.

비건 피자는 두 가지 종류로 나뉘는 듯하다. 반죽 위에 노릇하니 지글지글 익은 치즈가 올려 있거나 없거나. 그러거나 말거나와 관계없이 보통 루꼴라가 듬뿍 올라가 있는 편이다. 자칫 느끼할 뻔한 피자를 풀 내가 잡아준다. 한편 피자 맛도 거기서 거기라는 생각을 하는 건 둘 다 맛있어서다. 베이컨이나 페퍼로니, 새우, 스테이크가 토핑으로 올려 있지 않아도 충분히 피자스러워 한 끼의 만족을 누릴 수 있다. 피자 맛은 반죽과 토마토소스에 따른다는 걸 어렴풋이 느끼는 요즘. 어쩌면 우리가 먹는 음식의 상당이 과장 되었는지 모른다는 생각이 든다. 과장은 무게감을 만들고, 무거워 앞으로 나아갈 수 없게 하지 않았나. 문득 생각한다.

비건 브라우니는 식물성 대체식으로 만들어진 브라우니와 병아리콩, 순두부로 만든 브라우니 둘을 먹어봤다. 확실히 맛은 식물성 대체식으로 만든 브라우니가 더 맛있고, 정말이지 비건 되기 전 먹었던 브라우니랑 거의 다를 바 없게 느껴지기도 했다. 솔직하여지자면 집에서 병아리콩과 순두부로 만든 브라우니는 며칠에 나눠 먹어야 했다. 한 조각 더 먹고 싶어 참지 못할 맛은 아니었다.

그래서 하고 싶은 말은, 비건도 밥만 잘 먹더라는 것이다. 라면도 먹고 과자도 먹고, 버거도 피자도 브라우니도. '비건'을 위한 '비건 식품'을 먹으면 그만이다. 또 반대로 생각하면 '비건'이란 동물성 식품을 배제하고 먹는 사람이다 보니 식단에 배제해야 할 음식이 많아진 건 사실이지만, 실은 배제만 하면 모든 먹을 수 있다는 말이 되기도 한다. 건강을 위해 시작한 채식과 달리 자꾸 꾀부리게 되는 이유가 되기도 하지만 어쨌거나. 공장을 거쳐 생산된 제품인 만큼 건강에 이롭다고는 할 수 없으니 욕구 해소 정도로 여기는 편이 좋겠다.

먹고 나면 가시는 욕구가 있다. 반항이 되어 채식에 관한 저항감으로 작용할 뻔한 악성 욕구를 이런 식으로 게워내곤 한다.

그런 한 끼를 보내고 나면 싱긋한 풀 내와 푸릇한 과일의 수분이 이내 그리워진다. 다음 한 끼는 찌거나 볶거나 어떤 가열 없이 채소나 과일 그대로를 섭취하게 된다.

그리고 며칠 뒤.

다시 비건 라면을 찾게 될지 모르지만.

양적 승부, 실컷 먹겠어

비건은 자주 배고프다. 소화가 쉽게, 잘, 되기 때문이다. 채식 위주로 식사하고 싶던 것도 이런 이유가 컸다. 비건 선배 말에 따르면(주로 자연식물식을 하는 선배 이야기에 따르면) 속이 그렇게 가볍다고 했다. 덩달아 몸도 가벼워진다고도 했다. 우리가 동물성 식품을 먹는 동안 우리 소화기관을 얼마나 혹사시켰는지 모른다. 어떻게든 처리하려 간과 신장이 참 고생 많았다. 그러고 보면 여기저기 아프다는 말을 왜 그리 반복하고 살았는지 알게 된다. 몸에 받지 않는 걸 계속 먹었으니 말이다.

때문에 동물성 식품을 먹지 않으면 훨씬 가뿐한 기분으로 하루를 보낼 거라고 했다. 얹힌 것 같은 더부룩함이나 부대낌은 없을 거랬다. 어찌나 몸에 생기가 도는지, 선배 누구는 이십 대로 돌아간 듯하다고 했다. 나는 그 말을 믿은 거다.

삶을 가볍게 살아내고 싶다는 진지한 소망이 있다. 복잡함 속에 단순함을 보는 혜안을 가지고 싶은 것도 소망의 일련 이다. 그런 내게 가벼운 몸은 중요한 것이다. 하나라도 더 지고 가지 못해 안달 내기보다 덜 것은 덜어 가뿐하고 싶다. 단순하고 싶다는 바람도 마찬가지. 비건 선배가 채식으로 겪은 신통함을 나도 느끼고자 했다. 나의 호기심이기도 했다.

먹고 나면 보통 3~4시간 만에 출출함을 느낀다. 고기를 주식으로 하던 과거라면 6시간이나 걸리던 소화가 이젠 그 절반이면 충분하다. 그리고 소화되기까지 6시간 내내 더부룩했다면, 3~4시간 만족스러운 충전으로 보내다 가뿐한 허기짐을 맞는다. 식사 후 자연스레 따르던 불쾌한 감정이 사라졌다.

다만 비건일 때나 아닐 때나 배고픔은 늘 두렵다. 이성을 잃은 나는 어찌 될지 모른다는 걸 안다. 일단은 예민해지고 이단은 짜증을 내며 삼단은 폭식이다. 단단히 잡은 고삐도 의지라는 힘을 잃으면 한순간에 놓쳐 버리듯, 배고픔은 모든 걸 무력화한다. 그리고 비건임을 잊을지 모른다.

신들린 듯 배달 애플리케이션을 열어 치킨도 주문하고, 탕수육도 시킬 내가 될지 모른다. 어렵게 낸 용기 그리고 그동안의 노력을 무시하고 단숨에 다시 '아몰랑'할지 모른다. 배를 곯지 않게 해야 한다. 그런 나라는 걸 알고 있어 배고프지 않기 위한 노력을 한다. 하나는 먹는 양을 늘린 것이고 나머지 하나는 자주 먹는 것이다. 많이 먹거나 자주 먹거나, 어쨌거나 먹는 양은 전보다 훨씬 늘었다.

우리 집 식탁 위엔 언제나 찐 옥수수나 고구마, 아니면 바나나, 귤이 올려 있다. 조금이라도 배가 고파짐을 감지하기 전 먹는 할매 간식이다. 허기를 느끼면 무어라도 집어 배가 찰 때까지 먹고, 위의 95%쯤 차면 그제야 멈춘다.

배고픔은 참지 않으면서 탄수화물을 양껏 먹는다. 비건이 되고, 영양에 관한 올바른 정보가 쌓이며 배불리 먹을 수 있음을 안다. 탄수화물은 우리 몸에 꼭 필요한 것임을 깨닫고, 정제된 탄수화물만 될 수 있으면 피하려 한다. 그뿐이다. 살찔까 봐 신경 쓰여 마음껏 먹지 못하던 나는 없다. 내 옆에서 밥 많이 먹으면 살찌는 거 아니냐며, 고기 집던 최가 묻는다. 고기 내려놓고 잡곡밥 한 공기와 나물 위주로 먹으면 네 살이 빠질 거라는 말을 믿지 않는다.

양껏 먹는다. 은색 공기에 가득 제공되는 밥 한 그릇이 모자라 한 그릇 추가 주문을 외친다. 이모는 앞자리 다른 이가 시킨 줄 알고 그에게 건넨다. 내가 시킨 거라고 당당히 외친다.

"이모! 그거 제 거예요."

외식

비건 식당은 그 때문에 처음 가본 곳으로, 비건 인생에 신세계를 안겨준 곳이었다. 어찌 된 게 일반 음식점보다 더 맛있는지. 보통 외식을 안(또는 못) 하는 터이지만, 그날 그가 데려가 준 식당은 비건과 비(非)비건을 떠나 모두에게 만족스러운 식당으로 남았다.

비건 식당은 두 가지 이유로 하나의 대안이 된다.
하나는, 만남에 대안이 된다. 일반 음식점에서도 충분히 식사 약속은 가능하다. 내가 그러는 것처럼, 비빔밥, 산채 나물밥,

닭 가슴살 없는 샐러드, 메밀이 도울 수 있다. 다만 이게 거의 다다. 그게 아니고서는 밥 두 공기에 김치, 콩나물로 배를 채워야 한다. 가장 별로인 상황. 밥에 김치만 먹는 나를 보는 상대가 불편해함을 느낀다. 그렇게 느끼라 한일 없건만, 혼자 고기 먹기가 괜스레 미안한 것이다. 그래서 이왕이면 둘 다 맛있게 먹을 수 있는 음식이 좋다. 비건 식당이 이를 만족시킨다. 고기 없이 뭔 맛으로 먹나, 싶겠지만 분명히 맛으로 먹는다. 함께 비건 식당에 갔던 논비건 지인 모두 맛없다는 소리 일절 한일 없다. 오히려 메뉴 하나를 추가 주문하기도 한다(같이 간 그 덕에 식당 메뉴 전부를 먹은 기억도 있다).

둘째는, 어쩐지 아쉬운 미각 한 조각을 채워 넣어 주기 때문이다. 반복해 말하지만, 맛있는 거 모르는 거 아니고, 때문에 몰라서 안 먹는 것도 아니다. 다만 먹을 수 없어 먹지 못하는 것뿐이다. 사람의 입맛을 중독 시키기 위해 탄생한 수많은 상업음식을 안다. 나 또한 그것에 길들어 온 사람이었으니까. 엄마가 낳고 상업자본주의가 키운 자식. 적당히 몸에 나쁜 건 엄마도 먹도록 허용해 주었다. 오랜 시간에 걸쳐 중독된 맛을 피하기란 정말 쉽지 않다. 33년 중에 32.5년을 중독에 살았는걸. 따라서 고기 대체한답시고 만든 가공 고기가 몸에 좋은 건 아니다마는, 이따금 기분 낼 때면 먹음직하다는 게 내 생각이다. 몰라서 하는 소리인데, 비건용 가공식품이 얼마나 맛있는지 모른다. 최근에 비건 식당에서 먹은 음식으로 칠리(조형)새우튀김, 두부 라자냐, (콩고기) 스테이크가 있다. 생긴 건 콩 뭉텅이 같아 콩인 걸 단박에 눈치채지만, 소스 때문에라도 그 맛과 모양이 감춰진다. 흡사하게 만들려는 노력이 있었나 보다. 내가 알던 칠리새우, 라자냐, 스테이크와 다르지 않았다. 약간 비싸서 그렇지, 죄다 맛있다. 외식하는 기분도 나게 한다. 비건이 되고는 자연스레 외식과 배달이 준다. 동물성 식품이 배제된 음식 찾기란 보통 쉬운 일은 아니기 때문이다. 그런데도 가끔 기분 전환 삼아 남편과 데이트하고 싶을 때가 있는데, 그럴 때 비건 식당은 대안이 되어준다. 한 줄기 해소인 셈이다.

나와 같은 비건에게 희소식이 있다. 비건 식당이 점차 늘어나는 추세로 보인다. 비건 관련한 앱을 몇 개 내려받아 쓰는데, 종종 새로운 식당 오픈을 알리는 알람이 온다. 선택 군이 하나 늘었다는 반가운 소식이다. 비록 몇 걸음 더 걸어야 만날 수 있는 식당이지만 그만한 가치가 있어 개의치 않는다. 위치며 메뉴, 모두가 마음에 든 식당은 따로 메모해 두기도 한다. 심지어 방문했던 비건 식당 중 실패한 곳은 단 한 곳도 없다. 개중 한 군데 추천하자면, 을지로에 있는 '지금 여기가 맨 앞'이라는 식당이다. 이 레스토랑은 같이 간 지인마다 칭찬 일색이었다. 음식 맛과 분위기 모두 멋들어지게 잘 어울리기 때문이다. 특히 나물 듬뿍 파스타와 바질 크림 리소토를 잘한다(내돈내산). 갈 때마다 나물 한 조각, 쌀 한 톨도 남기지 않고 싹싹 해치우는 거 같다.

음, 또 다른 한 군데는 조만간 꼭 들러보고 싶은 곳인데 서울 마곡에 있는 '공간녹음'이라는 비건 식당이다. 송은이가 운영하는 '콘텐츠랩 비보'의 음악감독님이 운영하는 식당으로 알려져 있다. 강서구 거주자라 부근 비건 식당을 둘러보는 중 우연히 알게 되었는데 여기 제법 괜찮아 보인다(내돈내살-내돈 내고 내가 사 먹을 예정). 주말엔 밴드 공연도 한다고 해서 더 관심이 간다. 다만 착한 가격은 아니다. 그래서 벼르고 벼르다 언젠가 방문하는 날, 우리 그곳에서 만나게 되면 또 반갑겠지.

의식 수준이 점차 높아지며 동물성 식품 배제에 관한 활동은 점차 확대될 것으로 보인다. 비건은 계속 늘어날 것이고, 그러니까 비건은 특정 소비층이 되어 시장을 이끌어 갈 것이다. 비건을 위한 생활용품이랄지, 식당이 하나씩 생기는 걸 보며 느낀다.

다시 식당 이야기로 돌아와, 비건 식당을 찾아 만남의 장소로 제안해 보는 건 어떨까? 동물성 식품이 배제된 음식도 맛있을 수 있다는 사명감으로 만든 요리라 그런지, 가는 식당 죄다 맛있었으니까. 식당을 나가며 "나도 비건 해볼까?"라며 변화의 갈림길에 스스로를 놓아 보기도 하는 지인을 만날 수 있을 테다. 보기보다 맛있고, 생각보다 어렵지 않은 일이라는 걸 깨닫게 되면 그렇다.

5장: 극복

급진적 양꼬치

남편과 양꼬치 집에 갔다. 둘이 양꼬치 3인분과 꿔바로우 1인분을 시켰다….

정신을 차려 보니 양고기가 꽂혀 있던 꼬챙이 서른 개가 없어져 있었다. 그러니까 나는 고기를 먹은 셈이었다.

2시간 전

며칠 무리했는지 몸에 한기가 돌았다. 손발이 어찌나 냉하던지. 예고 없이 들이닥친 겨울 추위로 몸이 놀란듯했다. 온기가 필요했다. 맛있는 무언가가 먹고 싶어졌다. 마침 텔레비전에 양꼬치 먹는 장면이 나왔다. 한 꼬챙이에 3조각씩 정갈하게 꽂힌 양고기가 불판에 일렬로 누워있었다. 이동형 판에 달린 톱니바퀴 움직임에 따라 좌로 구르고 우로 구르며 360도로 고루 구워지는 중이었다. 시간이 지남에 따라 표면은 기름으로 지글대었는데, 양고기에 달라붙은 거품이 뻐끔하고 터지더니 더는 참지 못하는 지경이 되었다. "안 되겠다, 자기야 가자!" 당근, 오이, 단무지, 우엉 같은 채소만 듬뿍 넣고 만든 김밥을 먹다 젓가락을 내 던지고 집을 나왔다.

비건이 되고 2달 만에 양꼬치 집 문을 열었다. 낯선 익숙함이었다. 제법 긴 시간 고기와 멀어지긴 했었나 보다. "이쪽으로 앉으세여." 하는 연변 이모에게 이끌려 우리는 자리에 앉았다. 이래도 되는 걸까 싶은 좌불안석에. 공연히 사방을 살피며 아무도 주지 않는 주변의 눈치를 보았다.

"이모, 여기 양갈비 2인분에 소주랑 맥주 한 병 주세요."

막상 주문하고 나니 아무것도 아니었다. 마치 오늘 당장 논비건으로 돌아간다 해도 아무 일 생기지 않을 것처럼. 곧 불판이 나오고, 으흐흐. 실은 먹을 생각에 설레었다. 굽고 먹는 과정은 참혹하여 생략한다.

"5만 원입니다. 맛있게 드셨어여?"

남편이 건넨 카드를 리더기에 긁으며 이모가 물었다. 우리는 대답했다. "네, 잘 먹었어요." 거짓 없는 인사를 마지막으로 가게에서 나왔다. 가게 밖은 제법 서늘했다. 곧 정신이 들었고 그러자 기분이 일그러졌다. 나약한 내가 부끄러워진 것이었다. 그럴 수만 있다면 나를 숨기고 싶었다. 고개를 내민 채 주위를 둘러보며 아무도 없는 길을 찾아다녔다. 어디에도 들켜서는 안 되는 것처럼 나를 감췄다. 그러다 나보다 24cm나 큰 남편에게 잠시 수그려 내 입 쪽으로 귀를 좀 가져다 달라고 했다. 그의 귀에 속삭였다.

"자기야. 이건 우리 둘 비밀이야. 알았지? 절대 어디 가서 말하면 안 돼."

남편은 꼭 그러겠다고 했다. 오직 나를 위해 시작한 비자발적 비건인 남편 입가에 미소를 보았다. 그리고 정말 비밀이 되었다.

후일담이 되었지만 이제 와 고백이라는 걸 한다. 우리 그날 양꼬치 집 털고 왔다고. 양꼬치 3인분에 꿔바로우, 소주랑 맥주까지 야무지게 먹고 왔다고. 한기가 가신 줄은 모르겠으나 제법 온기가 느껴졌고, 돌아가는 양꼬치를 사이에 두고 남편과 보냈던 그 시간은 진정 즐거웠다고. 남편이랑 나, 우리 둘만 아는 비밀로 하려 했는데 이제 와 고백하는 건, 비건 선배 덕에. 비건이고자 하는 의도와 의지가 중요할 뿐 완전무결하지 않아도 된다는 응원이 떠올라 솔직해질 수 있었기 때문이다.

게다가 나 또한 같은 메시지를 비건 후배에게 전해주고 싶었을 뿐이다. 먹을 수 있다고. 그래도 된다고. 빈도의 문제는 존재하겠지만, 평생 비건으로 살며 이런 날도 있는 것 아니겠냐고. 내 행동을 합리화하기 위한 시도라기보다 비건으로 살기를 두려워하는 이들에 대한 북돋움이다. 완전하기 위한 노력은 하지만, 완전한 것은 어디에도 없다.

먹고 난 다음 날은 과일과 채소식을 먹었다. 사과, 토마토, 오이, 자몽, 바나나를 듬뿍 썰어 두서없이 식탁에 놓아두었다. 한 끼 대용식이었으므로 차려둔 과일을 다 먹어 치웠다. 금세 정화되는 듯했다. 속이 편안할 때면 드는 느낌이었다.

물론 전날 먹은 양꼬치가 없던 것이 되지는 않겠지만 후회는 없다. 그 순간의 부끄러움도, 그럴 것까진 없었는데. 오히려 두 달에 한 번쯤, 아니면 한 달에 한 번은 남편을 위해서라도 먹어야겠다고 다짐하기도 했다. 급진적 양꼬치가 감동이었나 보다. 원래 그런 사람이 아닌데, 음미하며 먹는 남편 표정을 보고 조금 미안해졌다. 내 고집 따라 살아 주어 고마웠다.

반복만이

내 머리는 한 번 새긴 내용을 오래 기억할 만큼 좋지는 않아서 반복이란 걸 해야 한다.

"뭐해?"

"텔레비전 봐. 왜?"

(10분 뒤)

"야. 뭐해?"

"텔레비전 봐!"

(5분 뒤)

"뭐함?"

"아, 텔레비전 본다고! 몇 번을 말해?"

"그랬나? ㅋㅋ 미안."

이렇게 반복해도 기억 못 하는 경우가 있다만. 하물며 독서는 어떻고. 귀 접고, 밑줄 그어가며 읽은 책을 완전 처음 본 책처럼 읽는 게 나다. 어떤 때는 책 한 권만 있어도 1년은 거뜬히 보낼 수 있다는 생각이 들 때도 있으니까.

비건이 되기로 하고 내가 왜 동물성 식품과 절교하기로 했나에 대한 기억을 잃을 때가 있다. 여러 계기가 모여서 용기 내었고, 마침내 하나의 결단이 되었을 때가 가물가물하다. 마음이 움직여 몸이 행하고 나니 행동하는 나만 남았다. 감을 잃었다.

정신 차리니 생각 없이 걷는 나를 발견했다.

그럴 때면 나를 움직이게 한 '왜'를 잊곤 한다. 내가 이 짓을 왜 하고 있지, 자문하다 (기억을 잃어) 답을 내릴 수 없으면 나는 쉽게 무너진다. 그게 나라는 인간이다. 한 번씩 처음으로 돌아가 되짚어 줘야 하는, 기억력 나쁜 나를 위해 친절히 되 알려줘야 하는. 책 빌려 보는 게 편치 않은 이유도 그런 걸 테다. 어차피 다시 봐야 하니까. 그럴 바엔 한 번 사서 두고두고 보는 게 나은 편이었다. 그렇게 존 맥두걸 박사가 지은《어느 채식의사의 고백》을 다시 폈다. 펼 수밖에 없었다.

약해지려 할 때면 비건 책을 찾는다.
새로 보는 것처럼, 볼 때마다 신선한 충격을 받는다. 이런 이유에서 내가 동물성 식품을 끊은 거였고, 궁극적으로 자연식물식에 가까워지고 싶다는 욕심이 있다는 걸 다시금 새긴다. 그 때마다 무지에서 벗어나 앎으로 향하는 기쁨과 더불어 새롭고 산뜻해진 나로 인해 매번 정화된 느낌이다. 다짐만으로 새사람이 된 것만 같은 1월 1일처럼 말이다. 〈첫 키스만 50번째〉라는 영화처럼 1월 1일만 50번째 맞이한다.

이미 밑줄 그어둔 곳도 새롭게 알게 된 지식마냥 또다시 밑줄을 긋는다. 전엔 왜 긋지 않았는지 모르겠는데, 이번엔 중요한 내용 같아 물결모양으로 줄 긋고 귀까지 접는다. 읽을 때마다 충격이다. 동물성 식품이 어쩜 이리 몸에 나쁜지, 나쁜 사람, 나쁜 고기, 불쌍한 동물, 아픈 지구. 벼라별 연민으로 가득 찬다. 그럴 때면 의욕이 새순 돋듯 새록새록 피어나는 것이다. 어쩌면 매번 읽을 때마다 새로울 수 있어 다행일지 모른다. 헌 의욕을 유지하는 게 아니라 새 의욕이 자라나기 때문이다. 기억력 나쁜 건 불행이기도 하면서 한 편 다행스럽다. 이 미친 긍정성은 어디까지일지.

그나저나 이 책을 다시 쓰게 된다면, 나는 전혀 알지 못했던 사실인 것처럼 새 충격으로 새 글을 쓰고 있겠지.

5장: 극복

동거인의 쓸모

"하지 마."

"먹지 마."

남편은 나보다 나은 사람이다. 성격도 낫고, 영어 실력도 낫고, 의지도 낫다. 자발적 비건인 나보다 나은 자를 동거인으로 삼고 있다는 건 큰 힘이 된다.

가을 갈대마냥 이리 휙, 저리 휙 휘청이는 나는 감정형 인간이다. 술이 주는 흥에 취해 계획에도 없던 술값을 계산하기도 한다. 언짢은 날이면 헬스장에 갈 동력을 잃기도 하고. 단지 감정 때문에 뭘 하거나 하지 않을 때가 많다.

문제는 감정을 핑계 삼아 먹는 시도를 꽤 한다는 것이다. 내 감정 달래기를 가장 우선시 여겨 그런 걸 테다. 약아빠진 나는, 드물게 이 회색 감정을 사그라뜨리지 않고 악용해 먹으려 한다. 공연히 남편을 찔러본다.

“자기야. 오늘 기분이 좀 꿀꿀해. 치킨이라도…?”

남편은 “좋아!”라고 하지 않는다. 2만 원 아꼈다.
나만 웃긴 줄 모르겠으나, 웃긴 건. 남편은 철저히 나 때문에 비건으로 사는 중이라는 것이다. 시작은 나를 돕겠다는 따스함이었다. 동물성 식품 먹지 않는다는 나를 보며, 친구들은 내가 아니라 옆에 있던 남편을 염려했다. “당신도 비건이십니까? 하고 싶어 하는 것 맞으십니까? 고기 먹고 싶은 것 아닙니까?” 그때마다 남편은 대답했다.

"내가 고기 먹으면 우리 아내 비건 할 수 없어요. 도와줘야 해요."

더 웃긴 건, 남편의 발언이 있기 전까지 나는 남편이 책 읽고 독후감 쓰듯 읊은 내 말에 충격받아 비건이기를 결정했던 것으로 알았다. 남편의 저 말은 나를 흔들리게도 했다. 나 때문에 먹고 싶은 것 참고 있었구나. 실제로 남편은 건강, 동물, 환경 문제에 대해 아직은 크게 와 닿지 않는다고도 했다. 내 말에 설득력이 덜했던 게다. 그날, 책 읽은 날 받은 자극 고스란히 전하며 내 설득력이 좀 쩔었구나, 했는데. 개뿔. 남편은 건강과 동물과 환경보다 음식으로써 제공되는 맛이 앞서 있었고, 그보다는 내가 앞서 있던 게였다.

남편의 끔찍한 아내 사랑을 알았다. 어찌나 끔찍한지 꿈쩍도 없다.

"우리 남편! 오늘만 돈까…. 자기 먹고 싶잖아."

"아니요. 나 때문에 그런 거면 하지 마."

가장 무서운 건 남편의 귀여운 겁박이다.

"먹고 싶으면 먹어도 되는데, 그럼 나는 더 이상 비건 안 할 거야."

"…."

남편의 쓸모를 비건하며 엿본다. 자발적 비건보다 열성적인 비자발적 비건. 한편 비건 트레이너 같기도 한 남편에게 고마울 따름이다. 함께 할 비건 동료가 있다는 건 비건 할 맛 나게 한다.

오늘 저녁, 그가 만들어 줄 비건식이 기대된다.

5장: 극복

참게 하소서

빗장이 풀린 것처럼 한 번 먹고 나서는 이따금 당기는 것이었다. 지인인 변이 외부 음식에 마약 성분이 포함되어 있다는 소문을 들었다던데, 배달 음식이 먹고 싶어질수록 그의 말은 궤변이 아니라 내게만 몰래 퍼뜨린 진실일 수도 있겠다는 믿음이 들기도 했다. 진짜 마약 성분이 들어가 있는 건가. 이따금은 제법 잦았고, 채 일주일도 지나지 않아 치킨이 먹고 싶어졌다. 지난 일요일에 먹은 양꼬치가 탈이었다. 엄마가 그랬다.

"먹고 싶은 거 먹어."

아무렴 엄마가 낳은 나라고 엄마 뜻대로 사는 건 아니다. 우리는 보고 자란 게 다르고, 따라서 믿게 된 것도 같지 않다. 나는 나의 엄마를 가장 가깝고도, 서로를 할퀼 때만은 가장 뜨거운 인생 참 동료로 여기는 편이다. 세대 차이를 느낄 수 없을 만큼 젊은 생각, 나를 딸이라기보다 하나의 객체로서 보려는 시선. 그래서 "넌 못생기진 않았지만 예쁘지도 않잖아."라며 거침없이 말하는 것도, 모두 우리 모녀 사이를 자유롭게 하는 장치라고 생각했다. 이번에 고기 끊을 거라는 이야기를 건네고부터는 엄마도 60년대를 산 '엄마'였구나 하고 종종 느끼지만.

자꾸만 고루, 그러니까 채소나 과일, 잡곡을 고루 먹으라는 게 아니라 고기나 생선, 계란까지 먹음으로써 고루 먹으라는 엄마다. 그는 30여 년을 (누가 만든 건지 모를) 균형 잡힌 식사에 노출되어 온 나보다 자그마치 25년이나 더 세뇌당하며 살아왔다. 어려서는 고기 먹는 친구를 부러워 해봤을 테고, 때문인지 어쩌다 한 번 먹게 된 돼지고기에 체한 날도 있다고 했다. 호되게 당했던지 십 대 때 앓은 체기로 지금도 돼지고기를 거부한다. 엄마는 거칠고 가난하게 살아왔다. 그래서 그럴 필요 없어진 우리에게 먹고 싶은 것 다 먹고, 고기까지 잘 먹으라는 엄마겠다.

십분 이해한다만, 그렇다고 엄마 뜻대로 사는 나는 아니다. 언제나 나의 행복이 내겐 우선이었다. 딸의 행복은 결국 엄마의 행복이라는 진리를 믿었고, 그때마다 동의해 온 그였다. 그리고 내가 행복한 길은 내 뜻에 맞추어 사는 거였다. 엄마가 고루 먹으라 했다고 동물성 식품까지 고루 먹지는 않을 거라는 말이다. 다만 치킨이 고파지자 엄마 말을 따르고 싶기는 했다.

'엄마가 먹고 싶은 거 먹으라 했는데.'

엄마가 그렇게 키운 건 아닌데, 어쨌거나 약삭빠른 사람이 되어서 때에 맞춰 엄마 조언을 용인하기도 한다. 엄마를 방패 삼을 때도 많고. 엄마 찬스를 쓴다 한들, 두 손 들고 반대하긴커녕 두 발 들어 "먹어 먹어, 많이 먹어" 할 그였다. 그렇게 생각하니 더 엄마 말이 듣고 싶어졌다. 말 잘 듣는 참딸. 어른이 되어도 여전히 그 뒤에 숨으려는 나를 느끼며, 주술이라도 부려야겠다 싶었다.

중, 고등학교를 미션스쿨에 다닌 덕에 매주 수요일 오전이면 학년 전체가 예배드리는 시간이었다. 종교가 과목이기도 했다. 시험도 쳤고, 실기시험으로 주기도문 외우기가 잦았다. 신은 믿지 않고 그나마 부처와 가까이 지내었다. 그런데도 시험을 위해 외워야 했는데, 6년을 반복한 기억이 아직도 맴맴 돈다.

하늘에 계신 우리 아버지여
이름이 거룩하심을….

아멘, 까지 마치고 나면 거룩해지는 게 있었다. 곧장 찬송가를 불러야 해 오래 가진 못했지만, 종교 없는 나에게도 기도문은 효험 있었다.

그때가 생각나 말에 힘을 보태 혼자 되뇐다.

고기는 나쁘다.

동물성 식품은 몸에 좋지 않다.

하물며 나는 비건이다.

중얼대다 보면 기도처럼 되어있다. 입 안을 맴돌던 치킨이 사라졌다. 찰나, 먹고 싶을 때도 있었지만 이겨냈다. 노오력이 필요했지만 어쨌거나 이로운 일이었으므로 스스로 기특해한다. 장하다. 대신 콩국수 끓여 먹기로 한다. 송송 오이도 썰고, 찰찰 토마토도 고명으로 올려 먹을 것이다. 면은 아낌없이 넣어주기로 했다. 아쉬움 남기고 싶지 않으므로, 양껏 먹기로 했다.

준비된 검은 콩국물에 잘 삶아진 면을 넣어 오이와 토마토 데코레이션으로 화룡점정을 찍었다. 깨와 소금 뿌리는 것도 빠뜨리지 않았다. 면 그릇에 담긴 콩국수 양이 제법 되어 보인다. 익지 않은 겉절이도 준비했다. 국수엔 겉절이지. 흡입의 방식으로 먹다 보니 어느새 콩국물만 자박하게 남아있다. 부른 배에 만족이 넘친다. 치킨을 이겨내었다는 안도감마저 함께 있다. 잘한 거라고, 여기 더 큰 행복이 있다고 생각했다.

치킨을 극복한 영웅담 한 편이라도 쓸 기세였다.

6장: 보상

비건의 기쁨

6장: 보상

변비 없는 인간

벼라별 방법으로 어찌저찌 지속하다 보니 내게도 보상이 왔다. 몸이 가벼워짐과 동시에 정화되어 간다. 쌓이는 노폐물이 줄어든 까닭이겠지. 가장 먼저 찾아온 기쁨은 변비 탈출이었다.

나를 폭로함으로써 여러분도 동물성 식품을 끊을 수 있다면, 하고 싶지 않던 고백을 해야겠다. 비밀 지켜주기를 바란다. 나는 변비쟁이었다. 지독한 ㅂㅂ쟁이. 늘 막혀 있는 일상을 보냈다. 지식변비인은 알 테다. 섭취를 따라오지 못하는 배출은 고통스럽다. 비건이기 전에도 나는 빨리 그리고 잘 먹는 사람 축에 속했다. 남자 상사들과 십 년간 같이 점심 먹으며 빨라졌고, 팔 년간 운동하며 양이 늘었다. 양껏 먹고 살았더랬다. 꼭 적게 먹어 변비는 아니었다고 어필하고 싶다. 또한 지식변비인이라면 잘 알 테지만, 묵직한 덩어리를 아랫배에 달고 다니는 느낌은 썩 유쾌하지 않다. 콕콕 쑤시는 배도 영 성가시다. 수많은 누가 그랬다. 잘 먹고 '잘 싸는' 것만 한 건강도 없다고. 찌꺼기가 모여 만들어진 응가는 나올 생각을 안 했고, 나는 건강하지 못했다.

해결되지 않던 블로킹(blocking, 막힘)이 채소와 과일 위주로 먹으며 단박에 해결되었다는 건 인체 신비에 가까웠다. 거추장스러울 만큼 더러워 이야기 안 하려 했는데 할 수밖에 없겠다. 그날은 옥수수 2개로 저녁 야식을 때우던 참이었다. 막 동물성 식품을 끊은 터라 마땅히 차릴 줄 아는 게 없었고, 찐 옥수수는 대체 간식 정도였다. 그러나 얼마만의 옥수수인지. 옥수수 말고 기름지고, 자극적인 음식 먹을 기회로 충만했던지라 옥수수 따위 거들떠보지 않은 세월만큼. 딱 그만큼 오랜만에 먹는 거였다. 거짓 없이, 버터에 튀긴 형태의 옥수수인 팝콘보다 훨 맛있었다. 강원도 찰옥수수였는데 찰진 낱알이 모여 한데 씹히는 식감도 좋았고, 녹말 특유의 단맛이 일품이었다. 반했는지 다음 날 아침도 찐 옥수수를 먹었다. 교정한 이라 앞니 사용은 되도록 삼가라는 치과의사 말이 떠올랐지만, 겁 없이 물어뜯었다. 그리고 얼마 지나지 않아 신호가 왔다.

꾸르르륵.

단 이틀 만의 일이었다. 장의 활발한 움직임을 포착했다. 마치 디스코 팡팡을 타는 기분이 내 장에서 일기 시작했다. 놀이공원 내 DJ가 기구를 멈췄다가, 또 재빨리 돌렸다가 반대로 했다가를 반복하는 것처럼 요란스럽기 그지없었다. 꾸르륵 꾸르륵. 오래 가지 못했다. 오직 손잡이에 매달려 엉덩이만 팡팡대던 나는 더는 참을 수 없게 되었다. DJ 묘수에 맞춰 한 손을 놓치더니 이윽고 남은 한 손까지 놓치게 생겼다. 화장실로 뛰어가야 했다.

새삼 놀랐던 날로 기억한다. 나는 한 아름의 찌꺼기를 몸에 품고 살았다. 여러분에게 더는 말하지 않겠지만, 그날 동생에게만은 말할 수 있었다. 야, 대박이라고. 동물성 식품 끊고 옥수수 많이 먹으라고. 신세계라고. 정말 더는 말하지 않겠다.

다만 그 이후 매일 화장실에 가게 된 건 말할 수 있다. 아침이면 화장실부터 가는 남편에게 부럽다, 는 말을 흘리기도 했는데 이젠 그러지 않아도 된다. 어떤 날은 화장실 가는 시간이 겹쳐 문제가 되기도 한다. 그것이 고민이라면 고민이다.

비건을 넘어 자연식물식에 도달하고 싶은 건, 몸이 느끼는 정화작용 때문일 테다. 큰 변화를 체감한다. 식단 구성만 바꿨을 뿐인데 건강한 내가 되고 있다. 전에는 운동으로 피지컬 건강을 유지했다면 이제는 이너까지.

잘 먹고, 잘 싸는 삶을 드디어 산다. 사소한 통쾌가 생겼다.

6장: 보상

맑은 피부

덩달아 피부톤이 맑아졌다. 지인 말을 그대로 인용하자면,

"지난 2년간 너를 봐온 것 중에 가장 맑아 보여."

매일 보는 내 얼굴이라 미세한 변화 느끼기가 쉽지 않다만, 드문드문 보는 그의 칭찬에 그렇구나 싶었다. 너를 보니 나도 해볼까 싶다는 그 말에 확신할 수 있었다. 좋아졌구나, 하고.

웜톤, 쿨톤, 술톤, 별 톤이 다 있는 것처럼 피부톤은 중요하다.

셀피 찍고 굳이 톤 보정하는 이유도 한결 정돈되어 보이는 이미지 때문일 거다. 그걸 아는 우리는 맑은 톤 차리기에 몰두하고 있다. 피부과에 다니는 A도 있고, 이너 뷰티용 캡슐을 먹는 B도 있고, 톤 보정에 필수라며 비싼 파운데이션을 사는 C도 있다. 나라고 자유로울 수 없는 주제였다. 아름답고 싶은 본능이 꼭 꽃에만 있는 건 아니다. 한동안 1일 1팩을 했다. 롤러도 굴려보고, 그저 나아진다니까. 부지런히 얼굴을 괴롭히던 시절이었다.

2년은 더 해온 일 아닐까 싶다. 그러니까 내게 피부톤 맑아졌다며 추켜세운 지인과 알기 전부터 나는 팩과 롤링을 해왔다. 그를 만나던 만나지 않건과 관계없이 매일. 티 안 나는 관리를 해오던 자였다.

그런 내게, 2년 만에 처음 맑은 피부라는 이야기를 해주었다. 심지어 요즘이라면 피곤함에 쩔어 마스크 팩조차 하지 못하는데도 불구. 화장품을 바꾼 것도 아니었다. 여태 써온 저렴이 화장품을 꿋꿋이 쓰자는 주의에 2년 전이나 지금이나 바르는 건 알로에, 오일 이게 다다. 변한 것이라면 오직 내가 먹는 음식. 동물성 식품을 배제하고 과일이나 채소, 통곡물로 한 상 가득 꾸린다는 것. 그게 다였다.

퍽이나 부러워하는 것으로 보였다. 나를 자극 삼아 시도해 볼 고려까지 했으므로, 맑아진 피부의 영향은 지대했다. 그냥 (동물성 식품) 먹고 살라던 동생도 언젠가 나를 보더니 한 마디 흘렸다.

"안색이 좋아진 것 같긴 하네…."

줄어드는 말소리에, 적어도 동물성 식품 먹지 않는 게 좋기는 좋다는 걸 느낀 눈치였다. 한편 나는 영양 불균형으로 오는 아픔은 일절 없었다. 애초에 불균형은 동물성 식품 과다에서 오는 거였으니까. 단지 자본주가 만든 중독적 입맛에 빠졌던 미각이 돌아왔을 뿐, 튼튼하고 심지어 피부는 맑아져 있었다.

바란 건 건강과 동물과 환경보호뿐이었는데 바라지 않던 기쁨을 맛보게 된다. 내 몸을 무엇으로 채울지가 새삼 중요했다는 걸 깨닫는 하루를 그들을 통해 만난다. 맑게 변한 나를 선망하며, 잠시나마 비건이기를 고민해 본 그들 말이다.

겁도 없이 언젠가 민얼굴로 다닐 날도 오지 않을까, 괜한 기대마저 해본다.

-7kg

언제, 어떻게 먹느냐가 아니라 '무엇을' 먹느냐의 싸움이었다. 단지 '무엇' 위주로 먹으며 살기란, 있었던 일을 없었던 일로 되돌리기만큼 어려운 것이라 언제, 또는 어떻기에 집착했던 것뿐이다. 하루 한 끼 폭식, 저녁 6시 이후 먹지 않기, 사과만 먹기 같은 묘수 말이다.

동물성 식품을 끊고 군살이 걷혔다. 평생 따라다닐 것 같던 허벅지 안쪽 살과 배 아래로 볼록 튀어나온 올챙이 살이 떨어져 나감을 느낀다. 지난달에는 헐렁해져 더는 입을 수 없게 된 청

바지 하나를 기부했다. 넉넉한 품을 한 바지에 꼭 내가 헐랭이로 보여서 말이다. 한때는 제법 타이트해 입기 꺼리던 날도 있었는데, 살이 빠지긴 했나 싶다.

가장 큰 수혜자는 남편이다.
지난 8월, 터키에서 귀국한 뒤 자그마치 7kg이 빠졌다. 한 번에 쑤욱 빠진 게 아니고 차츰차츰 2달에 걸쳐 건강하게 줄었다. 잠시 터키에 지내는 약 3달간 우리가 무얼 먹으며 보냈는지 이야기해야겠다. 터키에 가기 전 남편이 부탁한 게 있었다. 음식도 문화니 첫 터키 방문에서까지 먹는 걸 가리지 말자고. 다양한 문화를 경험하게 해주고 싶다고. 그러니 부탁이라고. 소와 양고기를 주식으로 먹는 터키에 가기 전 남편의 소박한 소원이었다. 그러자 했다. 남편 원이기도 했고, 시어머니가 차려준 멋들어진 요리를 앞에 두고 "못 먹어요." 하고 싶지 않았다. 대신 "맛있어요!"라며 쌍 엄지 켜고 먹는 것, 2021년 터키행에서만큼은 적당히 먹고 지내야겠다는 게 당시 나의 판단이었다. 뭐, 덕분에 터키 문화는 죄다 맛본 것 같다. 아침은 빵과 서너 가지나 되는 치즈, 체리잼, 살구잼, 그리고 터키식 요구르트까지 고루 먹었다. 점심이나 저녁은 고기 케밥 아니면 고기가 들어간 다른 요리를 먹었다. 그렇게 3개월쯤 채식과 육식을 병행했다. 시어머니 사랑 덕에 한국으로 돌아왔을 당시 나는 2kg 정도가 남편은 5kg 정도가 쪄 있었다. 몸이 무거움을 느꼈다.

복귀와 동시에 다시 시작한 비건이었다. 동물성 식품을 싹둑 끊고 얼마 지나지 않아 몸무게가 줄기 시작했다. 수치화하자면 남편은 -7kg이 된 것이다.

가슴에 손을 얹고 말하는데, 적게 먹거나 굶는 짓은 하지 않았다. 그 고통을 안다. 배고픔에 잠 못 이루던 나의 이십 대도 기억나고, 때문에 절식과 과식을 반복하던 나를 나는 안다. 몸에 전시 상황을 알리는 꼴과 같았으므로 얼마의 스트레스를 견뎌야 했는지조차.

살이 빠졌음에도 우리는 무지하게 먹어왔다. 한순간도 배를 고프게 두지 않고, 그러기 위해 자주 먹는다. 자주 탄수화물을 먹는다. 주로 고구마, 감자, 잡곡밥, 옥수수를 찾는다. 아직은 채소랑 과일보다 녹말 음식이 훨 입에 달다. 밤이라고 다르지 않다. 위산 역류가 염려돼 2시간 뒤에 잘 것을 각오하고는 밤 10시에도 먹었다. 먹는 것에 시간도 가리지 않았고, 양도 가리지 않았고, 다만 '무엇'만 가렸을 뿐이었다. 그런 나는 밖에서도 보이기 마련이다. 앉은 자리에서 밥 2공기나 뚝딱 해치우는 나를 보며 묻는다.

"탄수화물 이렇게 많이 먹어도 돼? 살찌지 않아?"

너희가 즐겨 먹는 탄수화물이 살찌게 하는 거라고, 라면, 케이크, 떡볶이 그런 거 말하는 거라고 해도 믿지를 않는다. 공깃밥 1/5이나 깨작였을까. 앞에 놓인 고기반찬은 단백질이라는 명목으로 열점이나 넘게 집어 먹더니 밥은 죄다 남기고 말았다. 나완 정반대로 식사하는 셈이다. 그러더니 뱃살이 늘어 숨쉬기 힘들다며, 바지 단추 하나를 풀었다. 이제야 살 것 같다고도 했고,

밥 2공기나 먹고 살며 살찌지 않는 게 신기하다고 했다.

다이어트를 인생 필수처럼 여기는 현대인들, 그러니까 내 주변에 고루 분포한 다이어터를 보며 이제 와 안타까움을 느끼기도 한다. 초절식을 거의 유일한 답으로 아는 눈치다. 배고파도 먹지 않기, 극복하기, 에너지 불충분으로 삶의 질이 떨어져도 그런대로 참아내기. 마치 다이어트 불변의 법칙처럼 '굶기'를 유지한다. 물론 한동안은 빠질 것이다. 몸무게가 줄어 맞지 않던 바지를 다시 입게 될 수 있을지 모르나 건강은 잃는 중일 테다. 게다가 섭취가 거의 없으니 활동에 의욕이 줄 뿐 아니라 숙면할 리 만무하다. 배고파서 수시로 깰 테니까. 삶 전반으로 퀄리티가 낮아진다. 참다못한 그들의 몸은 반란을 일으키기도 할 것이다. 절식 끝 폭식은 절식하는 순간 이미 예정된 결과였다. 요요 또한. 도로 쪄버린(어쩌면 더 쪄버린) 살에 스트레스를 받고 다시 절식을 반복하기도 한다. 동시에 이번엔 제대로 빼보겠다고, 폭식하지 않고 참겠다고 다짐할 것이다.

다이어터는 어느 때 먹거나 어떻게 먹거나를 극도로 중요시하기도 한다. 저녁 6시 이후 먹지 않기, 하루에 한 끼 먹기, (탄수화물을 배제하려) 밥이나 빵 먹지 않기, 대신 단백질 왕창 먹기. 어느 때는 자제력이 없는 자신을 도울 다이어트약을 먹기도 한다. 그리고 평생이 다이어트다. 음식과의 사투에서 빚어진 하나의 강박처럼. "살 빼야 하는데."라는 말은 늘 들린다.

굶거나 언제 먹거나 어떻게 먹거나가 다이어트에 크게 도움되지 않는 건, 적어도 영원히 유지하기란 쉽지 않은 건 다이어트의 근본인 '무엇을 먹는지'가 변하지 않았기 때문이다. 공장이 찍어낸, 상업이 만든 음식 중 살찌지 않게 하는 음식은 극도로 드물고 탄수화물을 배제한 식단은 허기진 배를 가시게 할 수 없다. 포만감은 탄수화물에서 얻는 것이기 때문이다(자세한 내용은 《맥두걸 박사의 자연식물식(살 안 찌고 사는 법)》을 참고하는 것도 좋겠다).

무엇보다 건강을 해치는 다이어트는 설사 수십 킬로그램을 감량할 수 있더라도 결코 올바른 방식이라 할 수 없다. 아무리 날씬해진들 시들시들한 몸에서 건강한 기운이 뿜어 나올 거로 생각하지 않는다. 그것은 아름다움이 아니다.

결국 무엇을 먹느냐의 문제다.

'You are WHAT you eat.'이지

You are how you eat도

You are when you eat도 아닌 것처럼.

아무리 많이, 어느 때 먹어도 살은 찌지 않는다. 싱싱한 채소와 과일 그리고 녹말 음식 그 자체를 먹고 산다면 말이다.

그나저나 남편 살이 더 빠지지 않았으면 한다. 요목조목 적당한 체격이 나는 좋기 때문이다.

6장: 보상

생리주기

여성 생리주기에 관한 것이다. 인과관계의 확실한 생리학적 원리는 잘 모른다. 단지 기다렸다는 듯 확연히 달라진 생리주기라 이야기하는 것이고, 그러니까 아마 현저히 바뀌어버린 식습관 덕분 아닐까 싶어 꺼내는 말.

비교적 불규칙하던 생리주기가 규칙적으로 되었다. 섬세한 사람은 아니라 지난달에 한 것을 이번 달도 하는구나, 정도로 넘겨왔는데 어느 날인가, 매달 비슷한 날짜에 동그라미 쳐진 달력을 발견했다. 예를 들어 이번 달은 27일 시작이라면 다음 달은 가장 높은 가능성으로 27일, 빠르거나 늦어야 26일 혹은 28일. 그렇게 나의 날은 27일을 기점으로 하게 되었다. 설마 하니 이번 달도 지난달과 같은 날이었다. 규칙적으로 다른 달, 오차 범위 ±2일을 넘기지 않아 표시된 달력은 몸의 안정을 의미하는 듯하여 유의미하다. 예측 가능성을 높인다.

돌아보니 채식을 시작한 후였다.
비건 전, 나의 주기는 평균 35일이었다. 예를 들어 x 월 1일이 지난 생리 날이었다면 다음 달은 10일 더 지난 11일일 때도 있었고, 그다음 달은 4일 지난 15일쯤, 그 다음다음 달은 7일 지난 22일 이기도 했다. 35일에서 ±5일, 그러니까 10일을 대기 중이던 셈이다. 그러나 크게 불편하지 않았던 건 '나란 여자 원래 그런 여자'라고 치부해서였다. 다른 몸을 지닌 것처럼, 여성마다 다른 주기를 따른다고 들었다. 개중 내 몸은 좀 별나 유동적으로 반응한다고 생각했다. 그런 내게 익숙했던 20년이다.
그랬던 나의 붉은 날이 30일 주기로 따박따박 때를 맞춰 찾아온다. 아무래도 내가 알던 나는 내가 아니었음을 달력 보며 감각한다. 규칙성의 이유는 아무래도 채식뿐이다. 그사이 바뀐 일상은 오직 식습관이다. 여전히 주 5일 출퇴근을 반복하는 직장인이고, 시간을 만들어 글을 쓰는 작가이고, 때로 수업하는 선생이다. 삶의 형태가 변하지 않으니 잠자리에 드는 시간과 맥주를 찾는 빈도도 모두 같다. 새벽 활용은 직장에 다니며 글도 쓰는 나에게 필수이고, 퇴사를 꿈꾸나 먹고 살기라는 생존의 문제로 억지로 하는 반복된 출근은 나를 편히 놓아주지 않는다. 그러니까 아무래도 달라진 건 동물성 식품을 끊고 채식을 위주로 하는 새 식사 습관 밖에는 없다. 그래서 여기 쓸 수 있다.

많은 여성이 궁금해할 생리통에 관하여는, 본래 생리 중 통증이 없던 사람이라 드릴 수 있는 말이 없다. 그러나 개선되지 않겠느냐는 추측을 한다. 불규칙을 정상으로 알고 지낸 20년을 지나 30일이라는 규칙적 주기를 따르게 된 내 몸이 말하는 것처럼, 실은 생리통으로 고생하지 않아도 되었다는 몸의 신호가 있을지 모르겠다. 우리는 더 나은 삶을 살 수 있었는지 모른다.

* 채식하고 건강이 나빠졌어요.

채식하고 영양결핍을 겪게 되었다거나 건강이 안 좋아졌다는 이야기를 이따금 듣는다. 커다란 용기로 시작한 채식 생활 끝에 맞이한 건 동물성 식품 위주로 식사하던 때 보다 개선되지 못한 건강 형편은 자칫 오해를 낳기도 한다. '역시 고기를 먹어야 해.'

오해를 강조하는 건, 실은 채식 자체의 문제라기보다 다양하지 못한 음식 재료로 비슷한 음식만 해 먹어 온 문제였을 가능성이 커서다. 편협한 식단을 꾸려오지 않았나 자문해 볼 때이다. '골고루'에 관한 논의는 여기서 빗어져야 한다. 고기나 생선, 계란, 우유, 유제품까지 골고루 섭취하는 게 아니라, 다양한 종류의 채소와 과일, 통곡물을 골고루 그리고 충분히 섭취하는 것이다. 하나에 치중한 섭취는 제아무리 채식일지라도 영양소 전반을 부족하게 할 수 있다. 편견은 우리를 프레임에 가둬 틀 밖을 보지 못하게 한다. 채식은 무조건 좋다는 편견 또한, 어쩌면 프레임 아닐까.

아울러 사람마다 나타나는 반응이 다르듯, 모든 채소가 모든 사람에게 다 맞는 것은 아니다. 어떤 사람에겐 양파가 몸에 맞지 않을 수 있고, 마늘이, 오이가 그럴 수 있다. 그래서 전문 채식주의자들은 채식 후 자기 몸의 반응을 살피는 게 중요하다고도 이야기한다. 그러기 위해 식사 일지나 배변 일지 쓰는 것을 추천한다. 기록이 쌓여 자신에게 맞는 최적의 식단을 발견할 것이다.

6장: 보상

활동력

언젠가 이런 글을 책에서 본 일 있다.

"채소나 과일, 통곡물 같은 자연식은 에너지를 발산하는 기질이 있지만, 동물성 식품은 에너지를 저장하려는 기질이 있습니다."

그 말이 꼭 맞는 듯, 비건이 되고 몸의 움직임이 잦거나 활달해졌다. 가만히 있기가 무료하다. 동물성 식품 먹고 나서는 언제나 퍼졌던 걸로 기억한다. 먹는 순간은 찬란했다. 냄새부터 황홀했고, 한 입 입에 넣는 순간은 축제였다. 입 안에 폭죽이 터졌다. 불꽃놀이라도 인 듯, 오만가지 자극적인 맛은 입안을 현란하게 했다. 그것도 배가 부르기 전까지였는데, 배부르고 난 후면 언제나 후회 비슷한 걸 했다. 한 차례 전쟁이 일고 난 밥상은 한 편에 밀어둘 뿐이었다. "내일 치우자."하고는 자리에 앉아 텔레비전을 보거나 도로 누워버렸다.

왜 그랬는지는 모른다. 꼭 책의 말이 맞는다면, 에너지를 저장하는 기질의 음식이었기 때문이겠지. 하여간 나를 정적으로 만들었다. 배달 왔을 때의 흥분은 온데간데없이 후회만 남은 차분한 내가 되었다. 움직이지 않았다. 꼭 뭐라도 배에 품고 있는 양, 가만히 내버려 두고 싶었던 거 같다. 더부룩한 배는 나조차 볼 수 없게끔 헐렁한 고무줄 바지를 입었고, 티셔츠는 엄마가 입던 것으로 대체했다. 그렇게 살이 쪘고, 다시 (동물성 식품을) 먹었고, 움직이지 않았다.

한 끼 굶었을 때 오는 가뿐함이 있다. 그날은 걷기가 재빠르다. 움직이기를 즐기고, 몸에 활기가 돈다. 가뿐한 속일수록 움직임도 사뿐사뿐해진다. 마찬가지로 비건이 되고 나서는 그랬다. 활기가 생긴다. 얌전하기가 곧잘 어려운 어린아이처럼 여기 갔다 저기 갔다를 반복한다. 식사를 마친 당장에 설거지한다. 상상할 수 없던 일. 개수대 넘치기 직전까지 그릇과 냄비를 쌓아 두고도 미루기 일쑤였던 내가, 몸의 가벼움을 참지 못해서 하는 일이 된다.

"자기야, 내가 할게. 그냥 놔둬."

라는 남편의 말은 "괜찮아." 한 마디로 툭 받아쳐 버리고 만다. 먹고 눕기를 반복하던 자취 시절의 나만 알고 있는 동생은 지금의 나를 보고 놀랄 게 분명하다. 설거지하고는 집 안을 정리한다. 온 방구석을 휘젓는다. 헝클어진 옷가지랄지, 다 마른빨래를 소파에 데려와 차곡차곡 갠다. 그런 나를 보고 남편은 "우리 아내는 쉬지 않는다."라며 핀잔한다. 그저 에너지 발산 중인 나인데.

10평 남짓 아기자기한 집이라 짐이 별로 없다. 정리 정돈은 금세 끝나고 곧 배고파질 때가 많다. 그럴 때면 식탁 위에 있던 과일을 집어 먹는다. 크게 배고픈 때면 밥 한 공기를 뚝딱 비우기도 한다. 김치에 밥 한 공기가 얼마나 맛있는 건지 엄마는 알 테다. "뜨끈한 밥에 김치 한 조각이 얼마나 맛있는지 아니?"했던 엄마 말을 외계어 취급하던 나였지만, 이제는 이해한다. 진정한 밥도둑은 김치였다는 걸. 젓갈 없는 겉절이도 맛만 좋다.

아무래도 채소나 과일, 통곡물과 같은 자연식물식은 활력을 제공하는 게 맞다. 칼로리는 낮으면서 소화는 잘돼, 소화에 쓰일 에너지를 아끼게 한다. 그 에너지는 도로 내 활력이 된다. 생기가 되고 싱그러운 사람이 된다.

아무렴 동물성 식품 먹지 않기란 말처럼 쉬운 일은 아니지만, 할 만하다고. 도전해볼 만한 일이고 지속할 만한 가치가 있는 일이라고. 비건이 되고 얻은 몇 가지 보상 덕분에라도 말이다.

6장: 보상

낭비란 없어

시판 음식 중 동물성 식품 안 들어간 음식 나와 보라 그래, 하면 몇이나 나올까. 개중 가공식품까지 싹 빼고 만든 요리 있으면 그것만 추려 보라 그래, 하면 하나둘 나올까.

그런 까닭에 우리가 만들어 먹는 건 거의 필수가 된다. 물론 불편하기는 하다. 남편이. 주로 우리 집에서 요리하는 건 남편이므로 말이다. 메뉴 살피는 일부터 요리하는 일까지 죄다 남편 수고가 되어버렸다. 특히 비건이 되고는 더욱. 조미료에 절여진 음식 대신 철저히 재료 본연의 조화와 소금이나 각종 허브 맛으로 승부 봐야 하는 때가 많아졌으므로, 요(리)똥(손)인 내가 요리하는 일은 가뭄에 콩 나듯 드물어졌다.

매주 토요일 아침이면 시장에 들러 각종 채소와 과일을 산다. 오이랑 가지, 감자, 버섯, 당근, 양파는 매번 빠지지 않고 사는 품목이 되었고, 때때로 시금치나 깻잎, 상추, 연근도 구매한다. 채소가게를 빠져나와 걸어서 5분 거리에 있는 가게에서 일주일 치 과일을 산다. “이거 얼마에요?”하면 이모가 투박한 말투로 단도직입적으로 금액을 말한다. “삼천 원.” 저번 주 보다 싸졌다. 매주 사는 품목에 해당하는 애들은 가격의 들쑥날쑥함을 지갑으로 체감한다. 지난주엔 한 봉지 5천 원이던 것들이 3천 원으로 떨어져 있음을 마주한다. 2천 원을 아껴 다른 채소를 구매하는가 하면, 고새 올라간 가격의 아이들 때문에 2천 원은 없던 게 되기도 한다. 이렇듯 물가라는 걸 시장에 다니며 몸소 느끼는 중이다. 통조림으로 대충 때우거나, 배달시키거나 할 땐 몰랐던 원재료 물가에 대한 감이 잡히는 것이다.

이모랑 흥정할 때면 날이 선 돈의 감각을 만나기도 한다.

"이모, 천 원만 깎아 주세요."

"남는 것두 읎서. 뭘 더 깎을라 그랴."

"아이, 그러지 말고 천 원만 더 깎아줘여."

"깔깔깔. 알겠어. 대신 자주 와."

단돈 천 원 깎는 것조차 나의 뻔뻔함과 애교가 필요하다. 배달 시킬 때 천 원, 이천 원 흥정은 시도해 본 적도 없었다. 치킨값으로 턱 하니 만팔천 원이나 냈고, 그나마도 배부를 때면 남긴 날도 많았다. 치킨과 치킨 배달에 대한 노동 가치를 돈으로 교환하며, 나는 우리 노동이 투입된 만팔천 원이라는 상상을 하지 못했던 듯하다. 내는 순간은 깔끔했고, 심지어 카드를 가져다 대는 행위 그 하나면 충분했으니까. 그리 살아 온 까닭인지 우리 형편은 크게 달라지지 않았다. 그때나 지금 모두 아껴야 하고, 티끌 모아 태산을 달성해야 하지만. 어떤 똥배짱으로 만팔천 원 알기를 우습게 알았는지 가끔만 아찔하다.

조리된 음식을 배달받기 대신 일일이 요리해 먹는 일이 우리 일상이 된다. 요리에 필요한 원재료를 사와, 남편이 요리하고, 우리는 먹고, 나는 치운다. 저녁 먹기 1시간 전부터 남편은 분주하다. 감자와 당근을 찌고, 양파를 씻어 잘게 자르고, 그런 뒤엔 감자와 당근 양파를 하나로 뭉치는 작업을 한다. 뭐하나 소홀함 없이 남편 손이 개입된다. 찌고 나니 볶아야 할 때도 있다. 조리가 복잡할수록 남편이 부엌에서 보내는 시간은 길어만 간다. 새삼 놀랍기는 하다. 요리하는 번거로움이 이렇게나 크다니. 한편 요리할 때 생긴 채소 껍질이 싱크대 구멍을 가득 메웠고, 냄비며 프라이팬, 주걱 같은 설거짓거리가 개수대에 쌓였다. 한 끼 채소식을 위해 준비하거나 치워야 하는 일이 차례로 등장한 것이다. 30분짜리 식사를 위해 2시간은 훌러덩 보내야 한다.

준비시간 대비 먹는 일은 가볍게 끝나 버리고 만다. 허무하면서도 성가신 일상은 하루에도 두세 번씩 찾아온다. 귀찮을 때가 있다. 라면 한 사발 뚝딱 끓여 먹거나 돈가스에 쫄면을 배달

해 먹고 싶기도 하다. 하지만 하나의 요리가 되기를 실천하고 살며, 낭비가 없어졌다는 개운함이 있다.

왠지 낭비할 수 없게 된다. 더욱이 남길 수 없다. 수고스레 시장에 갔고, 헤집고 다니며 필요한 채소와 과일을 샀고, 가끔 이모와 흥정했던 노력에 낭비가 안 된다. 요리하는 남편의 노고는 어떻고. 매끼 한 시간을 들여 채운 정성스러운 식탁에 나는 어느 것도 남길 수 없다. 양파 한 조각도, 토마토 찔끔도. 발우공양이라도 하듯, 깔끔한 한 접시를 식사 마치는 매번 만난다. 낭비란 상상할 수 없게 되었다는 건 살림에 두루 도움이 되었다.

우리가 우리를 생각하며 흘린 땀의 투영인 것만 같아 그렇다. 몸에 이로운 음식이라는 이유는 두말할 것 없고. 급식 남길 때면 죽어 지옥에서 먹어야 한다던 초등학교 동창 상엽이 말은 아마 내가 걱정할 일은 아닌 게 된다.

6장: 보상

지구환경 보호

우리 스스로 요리해 먹고 치우다 보니 남기는 음식이 너무 많았음을 인식하게 되었다. 필요한 양만큼 사고(채소나 과일의 경우 생물이므로 더욱), 먹을 만큼 요리해 가능한 한 남김없이 다 먹으려는 노력은 인식의 일련인 것. 그러며 버려지는 것들에 대해 함께 생각하기 시작했다. 쓸모를 유지한 채 쓰임에서 제외되는 일. 곧 새로운 구매를 조장하는 일이었다. 불현듯 소비의 조장은 결국 유행이라는 채사장 작가의 말이 떠올랐다.

고백하자면, 절약에 관해 무심하고 낭비에 있어선 참으로 관

대한 나였다. 경제적 여유와는 무관하게 그러며 살았고, 일상처럼 자연스러웠고, 나로부터 버려지는 것에 대한 일말의 고민은 없었음을 이제 와 자백한다.

내가 행한 소비 대부분은 불필요한 것이었다. 닳아 해지기도 전에 질려서 구매하는 날이 많았다. 봄이라는 이유로 트렌치코트를 한 벌 샀다. 전년 봄에 사둔 고동색 바바리 재킷과 지지난해 봄에 산 그보다 한 톤 밝은 재킷은 여전히 옷장 한쪽을 채웠지만, 그 해 중간쯤엔 황토색 코트를 사 입었다. 조금 달라진 점이라면 배를 감싸는 벨트의 유무와 깃이 둥글거나 뾰족하거나 정도지만, 미세한 차이를 민감하게 받아들이던 나는 나에게만 다르게 보이던 그 코트를 세 개쯤 모은 상태였다. 그렇게 몇 년이 더 흐르니 코트가 다섯 벌이 되었다. 그 코트들은 해를 거듭하는 동안 촌스러워 감히 입지 못할 아이들로 전락했다.

옷장 가득 메운 옷들로 정리를 한 번 해야 했다. 옷장에 있던 재킷을 전부 밖으로 빼 차곡차곡 쌓으니 부피가 제법 되었다. 어쩐지 어우러진다는 느낌이었다. 같은 계열이지만 조금씩 다른, 베이지 톤의 그것들을 들추다 보니 새어 나오는 말이 있었다.

"모두 새 옷이네."

몇 개월 넘기지 못하고 더 입지 않았으니, 어디 하나 닳지 않고 그대로 형태 보존 중이었다. 철저히 욕구에 의한 소비, 그러니까 낭비였다.

비건이 된다는 건 알지 못했던 세계를 만나게 한다. 확장하더니 지구환경에 관한 관심으로 번진다. 전설적인 등반가이자 환경 운동가, 캘리포니아에 본사를 둔 파타고니아의 설립자 겸 소유자인 이본 쉬나드 저서 《파타고니아 이야기》는 비건이 되고 비로소 펴 본 책이기도 하다. 지구환경을 생각하는 그들 이야기가 궁금해졌기 때문이다.

파타고니아는 "이 재킷을 사지 마세요."라는 광고를 내보낼 정도로 고객은 제품 수명에 공동책임을 지는 주체라는 사실을 알리려 한다. 책임감 있는 회사에서 머무르지 않고 소비자의 책임감 있는 소비를 요청한다. 그들은 이를 '리스판서블 경제'라 부른다.

파타고니아에서 받은 또 하나의 감명이라면 "단순함이야말로 완벽함에 이르는 길이며, 단순한 삶은 물건을 더 적게 소유하는 데서 출발한다고 생각한다."라는 것이다.

일회용품을 줄이거나, 탄소 발자국을 적게 남긴 제품을 적극적으로 구매하거나, 세제 사용을 줄이거나, 나무 한 그루를 심거나와 같은 실천 모두 우리가 더럽힌 환경을 제 모습으로 되돌리기 위한 작은 노력일 수 있다. 그러나 가장 먼저 해야 할 일은 낭비부터 없애는 것일지 모른다. 필요한 때, 필요한 것만, 필요한 그만큼만 구매하고 소모한다면 소비는 낭비로 나아가지 않고 우리에서 종료될 것이다.
비건이 된 뒤 세상과 어울려 지내는 나는 사뭇 다름을 작은 부분마다 느낀다. 지난가을과 겨울엔 옷 한 벌 사지 않았다. 며칠 돌려 입고 지낼 정도로 충분한 옷가지가 이미 준비되어 있었고, 비록 유행과는 멀게 느껴졌지만 상태만큼은 짱짱했다. 봄맞이 옷장 정리하며 깨달은 놀라운 사실은 그런데도 올봄 단 한 번 입지 않은 옷들을 만났다는 것이기도 하다. 인식의 변화가 보이지 않던 것들을 보게 한다.

6장: 보상

단순한 삶

비건 선배(나아가 자연식물식 선배) 중에 이런 말 하는 사람이 꽤나 있다.

"먹는 게 단순해지고 나니 삶도 단순해졌다."

어떤 선배는 큰 집을 떠나 네 식구 살기에 충분할 만큼만 큰 집으로 이사를 했다고 했고, 삶이 정화되는 기분을 느낀다고도 했다. 전과 다른 의식으로, 시선으로 살아나가는 그 같았다.

확실히 먹는 것이라면 화려함이다. 오만 것이 들어간 파스타가 있다. 토마토소스에 다져 볶은 고기, 양파와 마늘을 기본으로 기호에 따라 더 많은 재료가 올려진다. 어떤 때는 모차렐라 치즈에 그치는가 하면 또 어떤 파스타는 크림이 추가되기도 한다. 크림과 모차렐라 치즈가 동시에 투하되는 일도 있지만. 그런가 하면 떡볶이는 어떻고. 이 세계는 도대체 어디까지 확장할지 궁금해진다. 떡과 어묵이 들어간 빨간 떡볶이가 다였다면, 이제는 납작 당면, 그냥 당면, 우동 사리, 라면 사리, 쫄면 사리 전부가 들어갈 수 있다. 한편 크림이 들어간 로제 떡볶이도 있고, 고기나 해산물, 곱창이 들어가기도 한다니. 화려하고, 조금은 사치스럽기까지 한 떡볶이. 수수함이란 볼 수 없다.

화려함에 물들수록 우리 미각은 '조금 더'를 찾는다. 자꾸만 꾸며내고 싶은 것이다. 한 번 자극된 맛은 도통 잊기 어렵다. 결국 소비자 입맛을 중독 시키는 게 그들 목표라면, 자극에서 끌어낸 목표는 쉽게 달성되는 셈이다. 잊히기 무섭게 떠오르는 그 맛에 주문하고, 배달하는 반복을 하는 우리니까. 멀리서 찾을 것 없이 몇 달 전의 곧 우리 얘기였던 일이다.

그랬던 우리가 이제는 미각의 화려함을 지나쳐 보낸다. 양파와 감자만으로 소박한 한 끼를 해결한다. 다룰 수 있는 재료가 이것뿐이므로, 지지고 볶던, 찌고 삶던 이 범위 내에서 다뤄야 한다. 어디까지 넣어야 할지 끝이란 보이지 않던 화려한 재료 뒤 단출함만이 남았다. 그러나 의외로 만족이 넘친다. 하루는 감자를 얇게 썰어 달궈진 기름에 넣은 뒤 달달 볶아가며 감자볶음을 만든다. 그리고 끼니의 메인 요리로 놓는다. 더 차린 반찬이라면 젓갈 같은 동물성 성분이 배제된 김치와 감자볶음에 찍어 먹을 케첩. 이 두 가지 음식만 있어도 밥 한 그릇 뚝딱은 순식간이다. 어린 날 보리차에 물 말은 밥에 달랑 무 한 덩어리로 밥 한 공기를 말끔히 해치웠던 것처럼. 또 어떤 날은 젓가락 반 정도 들어갈 만큼 살짝 익힌 감자를 잘게 채 썰어 놓고, 볶은 양파와 당근을 중간에 레이어드해 감자전 비슷한 감자 케이크를 해 먹는다. 포슬포슬한 감자 특유의 전분 식감은 남지만, 맛은 감자전과 다르다. 감자전의 한류지만 엄연한 별도의 객체로 부르고 싶은 건 그래서다. 거기다 간장에 식초 조금 타 소스로 활용하면 풍미가 더해진다. 이따금 감자를 부채꼴 모양으로 썰어 오븐에 구워 먹기도 하고, 쪄서 먹기도 한다. 된장찌개에 넣어서도 먹고 두유를 크림소스 삼아 양송이버섯과 함께 감자조림처럼 내어 먹을 때도 있다. 단순함 속에서도 우리 집 식탁은 늘 변화무쌍하고 지루할 틈이 없다.

그러니까 재료는 단순할지언정 결코 단조롭지 않다. 채소와 과일, 통곡물 같은 식물성 재료에 한정해 요리하는 비건에게도 다채로운 맛의 선택권이 있다. 감자를 예로 든 것처럼, 날것으로 먹는 것과 구운 것, 찐 것과 식물성 기름 둘러 볶은 것, 튀긴 것, 부친 것은 같은 종류의 채소를 사용해 조리했을지라도 전혀 다른 맛이 난다. 단언컨대 비건이 되지 않았더라면 알 수 없을 예리한 혀의 감각이다. 고로 가지로 요리를 하더라도 구워 만든 것과 튀겨 만든 것은 또 다른 맛의 가지이기에 어제오늘 먹어도 물리지 않는다. 오직 맛 때문에라도 "그것(식물성 식품)만 먹고 어떻게 사느냐"는 의구심은 오해에서 비롯된 것일 뿐이다.

이토록 덜어내고도 풍요로울 수 있음을 배운다. 만족이 있다. 그런 까닭에 실은 더 덜어낼 수 있던 건 없는지 생각하게 된다. 가령 보디클렌저는 사용하지 않아도 좋을 것 같다. 매번 계면 활성제를 이용해 온몸을 닦아낼 필요는 없으니, 고백하자면 물로만 깨끗이 닦기 시작한 후 피부 당김이 사라지기도 했으니. 조금 무겁더라도 텀블러를 항시 지참해 다니는 것도 좋을 듯하다. 일회용 컵 사용을 줄이기 위해 이미 많은 이들이 텀블러에 음료를 받아먹고 있기도 하고, 텀블러에 달라고 하면 약간의 할인 혜택도 있으니 충분히 가치 있는 일이 될 것이다.

안락함, 과시, 그 밖의 욕심에 의해 불필요한 사용을 해온 건 없는지 다시 고민해 봐야겠다. 큰 깨달음으로 작은 실천부터 해 나간다.

7장: 긍지

그래도 나는 비건

7장 : 긍지

어찌어찌 견뎠고, 그런대로 하고 있고, 지속할 것이다

감히 고기 없이 살 수 있을까, 라는 두려움이 있었지만, 덜컥 시작했다. 절대 안 먹을 거 같았지만, 하면서는 견뎌내는 시간의 연속이었다. 채소와 과일, 잡곡밥으로 만족하던 날이 있던가 하면 '아몰랑'하고 양꼬치 집에 뛰쳐나간 날도 있었다. 떠올려 보건대 어쩌면 참고자 하는 날이 더 많았을지 모른다. 하루가 멀게 먹방 영상을 찾았다. 척척 시원시원하게 그의 입에 넣이는 만두를 보며 대리 만족해야 했고, 그 영상은 몇 번이고 되돌려 봐야 했다. 기도문 비슷하게 중얼거리기도 했다. (정말) 하늘에 계시는 우리 친아버지에게 말했다. 고기는 몸에 나쁘다고, 동물성 식품 먹어 좋은 거 없다고, 불쌍한 소와 돼지, 닭을 굽어살피겠다고. 그래봐야 들어줄지 모르지만 말이다. 나아가 환경보호에 일조하겠다고 중얼댔다. 비건이라고 떠들고 다닌 나 자체가 쪽팔리지 않기 위해서라도 반복해 말할 수밖에 없었다. 그런가 하면 참아야 하는 고난 중, 동거인은 몹시도 유용한 쓰임새를 발휘했다. "하지 마.", "먹지 마.", "그러지 마." 남편의 도움이 없었다면 비건 명패를 도로 물렀을지 모를 일이다. 그만큼 큰 지지가 되어주었다.

어찌어찌 견뎌내고 있다.

그런대로 잘(?)하고 있고, 나는 점점 비건형이 되어간다. 지이이인짜 불가피한 날엔 고기 찔끔은 먹기도 하지만, 아직은 비건이라 말할 수 있을 만큼 찔끔이라 괜찮다. 출근하는 날이면 점심 한 끼를 통으로 과일식 하는 내게 사장이 그랬다.

"너의 의지를 사고 싶어."

너의 췌장을 먹고 싶어, 가 아니라 나의 의지를 사고 싶다니. 사실 대단한 의지라기보다 보이는 의지였을 뿐이기에 머쓱하게 웃음 짓고 말았다.

실은 사장에게 해주고 싶은 말이 있었다.

알고 나면 비로소 못 먹게 되는 게 있다고. 물론 끊고 나서 도로 먹고 싶어지는 금단현상이 있지만 보통 못 먹게 된다고. 원숭이만큼 바나나를 챙겨 먹고, 후식으로 귤 네 개나 까먹는다면 이 또한 충분한 한 끼가 된다고. 못할 거라는 지레짐작일 뿐이라고. 내가 출중하여 대단한 의지를 부리는 게 아니라고.

하고 싶었지만, 부러움만 피력한 채 홀연히 떠나버리는 사장 뒷모습에 그저 입을 닫았다. 쫓아가 미주알고주알 할 만큼 우리는 친한 사이가 못 되니까.

부담 비슷한 것이 쌓이고 있다. 아무래도 나를 동경의 눈으로 바라보는 이들 덕인 것 같다. 사장도 그랬고, 협력사 과장도 그랬고, 엊그제 만난 대학교 선배도. 끊겠다고 진짜 끊는 네가 대단하다고 그랬다. 고기 끊는 겁으로 시도조차 하지 못한 그들에게 나는 용감한 영웅이 되어있던 게지. 졸지에 헤로인이 된 셈이지.

그들 때문에라도 꼭 해내야겠다는 마음의 번개가 친다.

꼭 해낼 것이다.

곧 우리를 살리는 길

"관계 안에 우리는 하나다."

라는 말을 아낀다. 하나라는 이유로 나를 도왔던 동료 선주 덕분이고, 때문에 우리가 하나라는 감각을 배워서다. 독립된 개체는 어디에도 존재하지 않는다. 이 책을 읽는 당신도 그럴 테다. 우리는 독자-작가라는 관계 안에 존재한다. 비건이 되고 싶으나 고기 끊기 두렵다는 이유만으로 우리는 하나가 되었다. 이 책이 주는 용기로 당신이 고기 끊기를 시도해 볼 것이라는 믿음마저 생긴 건, 우리라는 이유에서다.

한편 채사장 작가가 말한 "우리는 언젠가 만난다."라는 문장 또한 아낀다. 이것은 채사장 작가가 지은 책의 제목이기도 하다. 책은 세계와 나의 관계에 대해 말한다. 우리는 태어나면서부터 그 즉시 타인과 세계와의 관계를 맺는다. 서로 독립되어 보이지만 보이지 않는 수면 밑으로 서로 강하게 연결되어 있다. 책은 다양한 방식으로 연결된 모두를 관계라는 거대한 주제로 수렴해가며 관계에 대한 우리의 생각을 뒤흔들고 우리가 언젠가 만난다는 신비로운 결론에 이르게 한다. 나와 동물과 지구는 절대 독립되어 존재할 수 없다. 우리는 관계로서 연결되어 있다.

아마 내가 끊은 일 년 치 고기로 당신은 조금은 맑아진 공기를 마시게 될 것이다. 서울 강서구 사는 내가 한 일이, 전국 팔도에 사는 당신에게까지 미치는 일이 된다. 하물며 내가 보낸 메시지들은 어떻고. 나쁜 사람과 나쁜 고기가 우리를 병들게 함을 알게 되었음을 확신한다. 적어도 알게 되었을 때의 충격은 당신에서 당신 가족에게로 퍼질 테고. 매끼 식탁에 올리던 소시지 반찬을 덜어내는 날도 생겼을지 모를 일이다.

극도로 미미하지만, 어쨌거나 나라는 육식 소비자 하나가 준 탓에 축산업계는 공장식 축산 규모를 줄여나갈 것이다. 고작 한 마리에 불과할지 모르지만, 억지 잉태를 하거나 젖도 채 못 뗀 갓 난 송아지를 엄마에게서 분리할 필요는 없을 테다. 몸집을 불리기 위해 먹어선 안 되는 사료를 먹고, 항생제를 투여받으며 생명을 연장하다 끝끝내 도살될 일도 없어지겠지. 마지막 절규라곤 고작 "음매" 뿐이지만, 적어도 소의 고통을 귀로 듣는 나는 죄책감은 느끼지 않아도 될 것이다.

동물성 식품을 끊고, 전보다 생기발랄한 나를 보면 엄마는 물을 테다.

"영 먹는 것도 신통치 않아 보이더만. 얼굴이 보기 좋네?"

입가에 허옇게 버짐이라도 피어있을 줄 알았던 딸내미가 버짐

은커녕, 생글생글 찹쌀떡 같은 두 볼로 엄마를 맞으면 엄마도 달라질 테다. 채식에 묘수가 있긴 한가보다, 하고 나를 좇자 할 테다.

하나에 하나가 늘고, 그 하나가 또 다른 하나를 늘리는 현상이 지속되면 그때는 지구도 숨을 쉴 것이다. 지구인과 '지구'라는 관계 안에 하나 되어 어우러질 것이다. 우리는 병들지 않을 것이다. 모든 근원이 육식에서 오는 병이라고는 할 수 없지만, 적어도 불필요한 아픔 없이 지낼 수 있을 것이라 믿는다.

관계 안에 하나라는 사실은 당신과 내가, 동물과 당신이, 지구와 우리가 보이지 않는 선에 의해 연결되어 있음을 깨닫는 일이다. 오직 나를 위한 일은 세상 어디에도 없는 것이다.

"인간과 동물과 지구를 위한 식단은 완벽하게 일치한다."

그런 의미에서 《조금씩 천천히 자연식물식》의 저자 이의철 전문의의 격언은 우리에게 희망을 제공한다. 실은 삶을 이루는 근간은 '너와 나'라는 것을 일깨워서다. 우주는 조화와 균형을 이루며 공존하도록 설계되었다 믿는다. 믿음은 가슴 한편 깊게 자리한다.

7장: 금지

자랑스러운 비건

나와, 동물과 지구, 결국 우리를 위한 일에, 우리를 살리는 길에 기꺼이 동참하게 되었다. 오래된 일은 아니다. 올 새해에 다짐해 자그마치 1년이 지난 일은 더더욱 아니고, 고작 몇 개월 사이 일이지만. 나를 수식하는 일 중 하나로 비건이 달렸다.

고작 몇 개월이지만 점차 숙달되는 중이다. 이제는 제법 자연스레 '비건'이라는 소리가 나온다. 비건을 모르는 어르신 앞에선 "채식해요."라는 말을 하게 되고, "비빔밥에 고기, 계란 싹 빼 달라."는 말이 입에 모터 달린 양 쉽게 뱉어진다. 고기 없이 어떻게 사냐는 물음에 대충 대꾸할 거리도 생겼다. 잘 산다고. 없어서 더 잘 산다고 하면 된다. 요리조리 잘 헤쳐 나가는 중이다.

나는 최근 내게 달린 '비건' 수식어가 사랑스럽기만 하다. 여기엔 작은 긍지마저 있는데, 내가 세상에 일조하고 있다는 영광스러운 기분이 들어서이다. 어째서 이 기분이 드는 것인가, 하면 아무래도 수호자라 그런 것 아닐까 한다.

나는 우리를 수호한다. 살며 단 한 번도 가담해 본 적 없던 일이다. 내가 '우리'에게 도움이 된 사람이었던 적은 적어도 내 기억엔 없다(이…있기는 하지 않을까…?). 전 지구적 도움에 가담한 일은 단언컨대 없다. 어쩌면 내가 태어난 것 자체로 지구에 해악이었을지 모른다. 나는 동물성 식품을 줄곧, 양껏 먹으며 자랐고, 나의 편리를 위해 일회용품 사용을 마다하지 않았다. 하물며 겉치레를 목적으로, 새로운 계절이면 의류 쇼핑을 즐겼다. 세제도 듬뿍 썼다. 사용하지 않는 동안에도 틀어 흘려보낸 물의 양은 어떻고. 나의 주변 사람에게 나는 어떤 사람인지 모르나, 적어도 지구에는 나쁜 사람이었으니.

자랑스러운 비건 (수식어) 앞에
이 한 몸 바쳐
고기 참기에 충성을 다 할 것을
가볍게 맹세합니다.

비트코인 어린이 말고, 비건 어린이라 '비린이'인 내가 책을 쓰게 된 건 꼭 완성형일 필요는 없다는 걸 나와 나의 책을 통해 보여주고 싶었기 때문이다. 비건 어린이도 "비건"이라고 외치며 비건 책을 쓴다. 한편 비건이 된 자신을 자랑스러워하다니. 엄마가 동네 이모만 만나면 "아직 4살인데 젓가락질을 해."라며 나를 자기 자랑으로 여기던 감정이 내 젓가락 놀림을 북돋운 것처럼, 나는 아마 비건이기를 끝까지 지속할 것이다. 자랑스러워하는 이 마음엔 그런 믿음이 있다.

완전무결한 사람은 원래부터 못 되었다. 때문에 먼지 한 톨 없는 비건 또한 되기 힘들지만, 마땅히 결점을 지우려고 노력한다. 오늘 아침도 밥에 김을 싸 든든한 한 끼를 해결했다. 점심은 세 개의 바나나와 귤을 양껏 먹을 테고. 조금 불편하고 마는 일을 찾아 헤맬 것이다. 일회용품 쓰고 버리기 대신 설거지 한 번 더 하는 일부터 시작해야겠다. 무겁지만 텀블러 챙겨 다니는 것도 말이다.

나를 위해 시작한 일에, 이제는 동물과 지구도 응원하지 않을까 싶다. 자랑스러운 비건 어린이는 오늘도 우리를 수호하기 위한 노력을 한다.

아무래도 비건이기를 잘한 듯하다.

비건이 되기로 결심한 여러분이 마치 선언문처럼 활용했으면 하는 나의 고백록을 데려와 본다. 앞장에 쓰인 내용과는 다소 다르게 쓰였음을 첨언한다.

“

말할 게 있소. 당신에게 하는 고백이오.

놀라지는 마시오. 그럴 것도 없으니.

나 당신과 조금 다르게 살기로 했소.

그렇소. 비건이 되었소. 브이이쥐에이엔, Vegan.

내가 다를 수밖에 없는 것은 인간 대부분이 잡식하기 때문이오.

대신 다수가 채식했다면 고백조차 의미를 잃었겠지. 그러지 않아도 되었겠지.

하지만 용기 내보려 하오. 채식 인간이 되려 하오.

이것은 진실을 알게 된 자의 작은 움직임이오.

내 비록 당신이 염려하는바-고기 안 먹고 어떻게 살아, 너 그러다 쓰러져, 골고루 먹어야지-를 잘 알아 예상 반응도 눈에 선하게 그려집니다만. 그릇된 통념에 저항해야겠소. 꼭 그래야만 할 것 같아서라오. 동물과 지구를 희생시켜가며 내 몸이 오염되는 것을 바라지 않소.

바라는 바 있다면 당신도 내게서 자그마한 영향이라도 받기를 바라오. 강요하진 않겠소. 단지 그거면 되오.

한 가지 부탁이라면 내게서 따가운 시선은 거두어주었음 좋겠소. 아무래도 당신의 놀란 눈이 나를 외계인 보듯 할 수 있을 것 같기 때문이오. 소수는 언제나 호기심의 대상이 되곤 하니. 이 모든 것은 나의 추측에 불과하지만, 꼭 그럴 것 같아서 말이오.

비건이 된 나를 인정해주길 바라오. 이상이오.

나의 비밍아웃이었소.

”

요즘 우리는

초고를 완성하고 언 3개월이 지나간다. 반복되는 퇴고를 위해 3개월 전에 썼던 글을 다시 읽으려니 부끄럽기가 얼굴이 터질 것 같다. 쓰는 당시 무슨 심경으로 쓴 건지, 지금은 쓸 수 없을 단어와 문장, 문단이 수두룩하게 보인다. 가끔 용감하고 자주 비약하는 게 영 마음에 들지 않는다. 현재는 늘 과거가 창피하다.

그런데도 부끄러움은 온전히 나의 몫일 수 있어 안도의 한숨이 나온다. 탈고 전 쓴 글은 나만 볼 수 있어서다. 퇴고를 거듭하며 조금 더 깎고 다듬은 채로 여러분 앞에 마주할 것이다. 물론 책이라는 정물이 된 후에 이 글을 읽노라면 나는 다시 부끄러움에 승천할지 모르지만 어쨌든. 퇴고하기 전 초고보다야 나아졌을 것이라 믿는다.

3개월의 시간은 내게 불타는 부끄러움을 안겨주기도 했지만, 우리의 비건 생활을 변화시키기도 했다. 이 부분만큼은 한결 안정적으로 되었고 책이 되어도 제법 괜찮겠다는 확신이 들었다. 흘러간 시간이 꼭 나쁜 것만은 아니다.

요즘 우리는 이렇게 산다.
식사 루틴이 생겼다. 아침 식사는 가볍게 하는 편이다. 오트밀에 뜨뜻한 두유를 타 먹거나 두유 미숫가루로 아침을 해결한다. 둘 다 말아 마시면 된다는 특징이 있어 바쁜 아침에 제격이다. 남편은 종종 통밀빵에 과일잼을 발라 먹기도 한다. 가끔은 바나나나 찐 고구마로 때우기도 한다. 내 경우 점심은 풀 과일식으로 대체하고 있다. 남편은 써브웨이 베지 샌드위치를 주로 먹는다. 과일이나 베지 샌드위치로는 배가 차지 않는 날이면 약속한 것처럼, 둘 다 비빔밥집에 들른다. 역시나 비건을 위한 마땅한 외식거리론 비빔밥이 최고다. 채식의 특장점이라면 소화가 잘된다는 것이다. 퇴근 무렵이면 배가 몹시 고파진다. 때문에 우리 집은 저녁을 든든하게 먹는 편이다. 채소를 위주로 한 상 가득 식탁을 채운다. 버섯이나 호박, 두부, 파프리카, 가지를 주로 활용하고 비록 채소라는 한정된 식재료를 사용하지만 다양한 맛을 내기 위해 여러 조리법을 터득 중이다. 나 말고 남편이.

제법 거창하게 먹고도 거북하지 않다. 하물며 몇 시간 후면 다시 배고파지기도 한다. 그럴 때면 간단한 간식을 먹는다. 요 며칠 가래떡구이에 빠졌다. 겉은 바삭 속은 쫄깃하게 부푼 가래떡에 간장 찍어 먹어 보면 알 수 있다. 쭈압쭈압 가래떡을 씹으며 책 읽는 순간에 작은 행복감을 느낀다.

체득을 따라올 것은 없다. 채식에 대한 남편의 생각이 달라졌다. 오로지 나 때문에, 우리 아내 결심을 지지한다며 비건 대열에 동참한 남편이었다. 옆에서 폴폴 냄새 풍기며 고기 먹고 있노라면 우리 아내가 비건을 포기할 것 같아서 먹을 수 없다던 사랑 기반의 비자발적 비건인 셈이었다. 그랬던 남편이 요즘은 채식을 권하고 다닌다. 본인 몸이 가벼워진 걸 느끼면서부터. 초콜릿케이크라면 얼굴에도 바르고 다닐 수 있다던 남편이 요즘은 이마저 거부한다. 나로 인해 시작한 채식에 고되지 않을까 싶어 이따금 케이크를 권해도 스스로 "놉!" 한다. 먹고 싶지만, 결코 먹고 싶지 않은 기이한 현상이 일어났다.

한 가지 변화라면 막 채식을 시작했을 때보다 덜 빡빡하게 먹는다는 것이다. 그러니까 절대 금식에서 조금 자유로워진 상태다. 강박으론 지속하기 힘들다는 걸 깨달았다. 대신 '절대'라는 '강박'에서 벗어나 오래도록 유지하고 싶다. 식사 약속이라도 생기면 배려심 많은 그들 덕에 채식을 먹지만 그리고 보통 그들도 만족해하지만, 도리없이 육식해야 하는 날도 생겼다. 나의 유연함이 필요한 순간이었다. 그럴 땐 편하게 먹었다. 물론 고기는 최소로, 곡물이나 채소를 주로 먹었지만 어떤 죄책감은 느끼지 않기로 했다. 이런 작은 마음가짐이 유지에 중요한 열쇠가 될 거라 믿는다. 또 책에도 쓰였지만, 혀가 기억하는 이끌림에 참을 수 없이 고기가 당기는 날이면 먹었다. 주식을 고기로 하는 유일한 날. 먹고 나면 기분이 썩 유쾌하지 않다는 문제가 있었지만 지나치게 억누르지 않는 건 더 중요했다. 지속에 관한 일이었기 때문이다.

그러나 자신을 비건이라 칭하기에 멋쩍지 않다. 알수록 나의 결정은 최선이 되며, 갈수록 나의 신념은 깊어만 간다. 어떤 날은 고기를 먹기도 했지만, 후에 오는 불쾌한 감정은 시간이 지날수록 거세게 인다. 조금 빨리 하길 잘한 일 중엔 채식도 속한다. 운동, 독서, 쓰기 그리고 채식. 앞으로는 튀기거나 볶지 않아도, 날 것이나 찐 상태로 채소 본연의 맛을 느끼고 즐길 자연스러운 날을 기대한다.

이제 생활반경에 사는 인물 모두는 내가 비건이라는 걸 안다. 비밍아웃을 하고 나면 한차례 폭풍 같은 QnA 시간을 보내야 했지만, 이 또한 지나 봄날 같은 잠잠함 안에 지내고 있다. 더는 동물성 식품은 먹지 않는다는 내 신념을 구구절절 알릴 필요가 없다. 역시나 잠깐이었다. 아 참. 이제 와 하나 말하고 싶은 게 있다. 4장에 주변으로부터 받은 '질문을 가장한 비아냥'에 대해 몇 페이지나 썼다. 거짓은 아니었다만 티눈만 한 상처도 되지 않을 수준이었다. 분량에 따라 글의 내용이 강조되거나 하찮게 되기도 하는데, 비아냥에 비해 다소 길게 쓴 것 같아 오해될까 싶어 말한다. 오해로 여러분이 한 발짝 뒤로 물러서게 될까 봐서다. 정말이지 개미 코딱지만 한 질투(맞다, 그것은 질투다. 용감한 나를 부러워한 질투)였다.

우리로 채식에 관심 두는 주변인이 하나씩 생기고 있다. 적어도 '나도 해볼까?'라며 고민하는 흔적을 본다. 마음에 없는 말은 아닐 거다. 우리가 비건이 되었다고 했을 때, 그러기로 한 이유를 들려주었을 때, 그들 두 눈은 진심을 말하고 있었다. 인식하지 못한 사이 쌓아진 그릇된 통념을 지우고 새 상식을 새기는 것처럼 내 이야기를 경청했다. 그들 마음을 못 느낄 리 없다. 나와 만난 날, 그날 저녁만큼은 온전한 채식을 했다는 것 또한 시도의 가능성을 의미한다. "오늘 같은 쾌식이면 비건도 할 만하겠다."라고도 했으니까.

글 쓰는 와중에 오늘 저녁은 어떤 채소를 사용해 무얼 만들어 먹을까, 고민한다. 때 되면 엄마가 하던 고민을 아내가 된 나도 한다. 먹고 사는 일은 지나칠 수 없는 큰일이다. 그래서 건강히 잘 먹기로 한 거다. 오늘은 지난 주말 사두었던 가지튀김을 해 먹을까 싶다. 원뿔 모양으로 숭덩숭덩 썬 가지를 묽은 튀김가루에 살살 묻힌 뒤 달궈진 기름에 살포시 담가 줘야겠다. 제법 노릇해지면 꺼내야겠다. 간장에 식초와 올리브유를 섞어 만든 군침 소스도 만들어야지. 저녁은 남편이 애정하는 가지튀김을 내어야겠다.

어엿한 비건 선배가 되어간다. 도울 수 있는 영역이 조금씩 늘어나고 있다. 그리하여 이 책도 도움 일부로 자리하길 바란다. 비록 고기를 끊어야 한다는 두려움에 당면해 있겠지만, 삼겹살에 소주는 늘 우리를 시험에 들게 하겠지만 이 책을 보며 다시 마음먹기를. 고통에 신음하다 죽은 돼지의 사체를 먹기 대신 푸르른 싱그러움으로 가득한 채소와 과일로 대신하길. 내가 발신하는 이 책의 수신자, 여러분 삶에 싱싱한 활기가 돋았으면 한다. 그렇게 내가 사랑하는 독자 여러분과 동물과 그리고 우리의 터전인 지구 모두 내적 행복안에 지내기를 바라며, 마침표 찍는다.